征马孤影

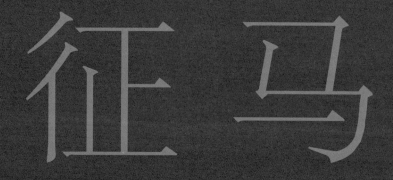

亚尔斯兰战记

⑤

〔日〕**田中芳树** 著

杨雅雯 译

人民文学出版社
PEOPLE'S LITERATURE PUBLISHING HOUSE

著作权合同登记号：01-2019-0638

图书在版编目（CIP）数据

亚尔斯兰战记. 5 /（日）田中芳树著；杨雅雯译
. — 北京：人民文学出版社，2021
ISBN 978-7-02-015011-3

Ⅰ.①亚… Ⅱ.①田… ②杨… Ⅲ.①长篇小说 – 日
本 – 现代 Ⅳ.①I313.45

中国版本图书馆CIP数据核字(2019)第019411号

责任编辑　卜艳冰　　李　殷
装帧设计　汪佳诗

出版发行　人民文学出版社
社　　址　北京市朝内大街166号
邮政编码　100705
网　　址　http://www.rw-cn.com

印　　制　山东新华印务有限公司
经　　销　全国新华书店等

字　　数　80千字
开　　本　880毫米×1230毫米　1/32
印　　张　6.375
版　　次　2021年4月北京第1版
印　　次　2021年4月第1次印刷

书　　号　978-7-02-015011-3
定　　价　39.00元

如有印装质量问题，请与本社图书销售中心调换。电话：010-65233595

主要登场人物

・帕尔斯

亚尔斯兰……帕尔斯王国第十八代国王安德拉寇拉斯三世之子

安德拉寇拉斯三世……帕尔斯国王

泰巴美奈……安德拉寇拉斯三世之妻、亚尔斯兰之母

达龙……追随亚尔斯兰的万骑长，人称"战士之中的战士"

那尔撒斯……追随亚尔斯兰的前戴拉姆领主，未来的宫廷画家

奇夫……追随亚尔斯兰，自称"旅行乐师"

法兰吉丝……追随亚尔斯兰的女神官

耶拉姆……那尔撒斯的侍童

席尔梅斯……戴银面具的男子，帕尔斯第十七代国王欧斯洛耶斯五世

　　　　　之子，安德拉寇拉斯三世之侄。

查迪……席尔梅斯的部下

身穿深灰色衣服的魔道士……?

撒哈克……蛇王

奇斯瓦特……帕尔斯的万骑长，别名"双刃将军"

告死天使……奇斯瓦特所饲养的老鹰

克巴多……帕尔斯的万骑长，独眼的魁梧男子

鲁项……亚尔斯兰麾下的中书令

伊斯方……已故万骑长夏普尔之弟，人称"被狼养大的人"

萨拉邦特……追随亚尔斯兰的欧克萨斯领主之子。膂力极强

特斯……追随亚尔斯兰的前萨拉守卫队长，长于铁锁术

亚尔佛莉德……轴德族族长之女

梅鲁连……亚尔佛莉德的哥哥

· 鲁西达尼亚

伊诺肯迪斯七世……入侵帕尔斯的鲁西达尼亚王国国王

吉斯卡尔……鲁西达尼亚国王之弟

蒙菲拉特、波德旺……将军

爱特瓦鲁……本名为艾丝特尔，鲁西达尼亚的少女见习骑士

· 辛德拉

拉杰特拉……国王，自称亚尔斯兰的友人

加斯旺德……追随亚尔斯兰的辛德拉人

· 特兰

特克特米休……第十四代国王

伊尔特里休……先王之侄，其父在与达龙交战中被斩杀

达鲁汉、卡鲁鲁克、吉姆沙……将军

· 马尔亚姆

伊莉娜……马尔亚姆王国的内亲王

马尔亚姆

达尔邦内海

特兰

巴休尔山

戴拉姆

邱尔克

迪马邦特山

叶克巴达那

大陆公路

培沙华尔城

帕尔斯

旧巴达夫夏

密斯鲁

辛德拉

北
西 东
南

帕尔斯

目　录

第一章　特兰三军入侵

I

这是一个令人心旷神怡的清晨。初夏的阳光仿若化作气体的水晶洒满大地，清新透明的微风拂过人们的肌肤。待到太阳高高升上天空当中，只要躲在树荫下便可轻松避过扑面而来的干燥热流。在帕尔斯王国，四季都有着独特的美景和斑斓的色彩——虽然最近四处都被血色笼罩。

有罪的并不是宽宏博大的自然，而是愚昧的人类。这些只在口头上鼓吹着和平却绝不肯停战的两脚生物，将帕尔斯清爽的初夏染满了血腥。

帕尔斯历三二一年五月末，特兰王国的军队从大陆公路北方出兵南下，来势汹汹，掀起了漫天沙尘。他们突破了帕尔斯、辛德拉两国的边境地带，想要将富饶的大陆公路周边各国贪婪地吞进肚皮。

现任辛德拉国王乃是年纪尚轻、刚刚发表即位宣言的拉杰特拉二世。从前一年起直到这一年，他与同父异母的兄长卡迪威为争夺王位展开了激烈的争斗。最后，拉杰特拉得到了邻国帕尔斯的王太子亚尔斯兰出兵相助，打败了同父异母兄长，夺得了王位。不过，辛德拉国内仍然存在大量的反拉杰特拉势力，他虽然发表了即位宣言，却不得不先专注于对国内的武力统一，暂时顾不上举行正式的加冕仪式。辛德拉国内已经让他忙得焦头烂额，又有"草原霸者"特兰军来袭，拉杰特拉无论如何都开心不起来。

过去，辛德拉曾与特兰联手入侵过帕尔斯，但现在形势已和当初大不相同了。拉杰特拉与帕尔斯王太子亚尔斯兰已经结为了盟友。

"快去通知帕尔斯的亚尔斯兰王子。"

不是"告诉"而是"通知"，拉杰特拉的用词表明了他的态度。在他看来，单独对抗特兰的强大兵力相当困难，唯有辛德拉和帕尔斯两国结为同盟，方可击退来自北方的强敌。于是，这种原本应该惨叫着"亚尔斯兰大人，救救我！"向帕尔斯求援的时候，拉杰特拉却有了些不同的想法。

"一旦特兰军南下进犯边境地带，正为夺回王都向西方进军的亚尔斯兰后方就有危险了。如果根据地培沙华尔城陷落，亚尔斯兰军也不会毫发无伤。要尽快通知他。"

拉杰特拉的分析的确没错，但他把自己也有弱点这件事置之脑后，一心只想着卖人情给亚尔斯兰。而这一点就是拉杰特拉这名青年异于常人之处。——总而言之，拉杰特拉向亚尔斯兰处派去了急使，导致特兰军的攻势立即像一阵血腥的热流，朝着帕尔斯境内吹去。

拉杰特拉的急使在六月一日的黎明降临前越过国境，抵达了培沙华尔城。负责守卫培沙华尔城的，乃是被亚尔斯兰任命为中书令的鲁项。鲁项为急使接风洗尘后，便在大厅中召集起主要部将，向他们讲述了事情的来龙去脉。

"我们的任务，并不是彰显武力、讨伐敌人，而是确保培沙华尔城的安全，让王太子殿下安心与鲁西达尼亚作战，不需有后顾之忧。现在，即使我们出城迎战，对王太子也没有什么好处。"

鲁项拿出身为年长者的威仪教诲了众人一番，随即制定了数个方案。培沙华尔城内有着一万五千名士兵以及充足的粮食、武器。城中开凿有水井，也无须担心水源。此处原本就是驻有大军的重要要塞，不用再特意准备更多物资。鲁项选了一个名叫帕拉撒达的骑士担任使者，为他精心挑选了一匹骏马，命他前往西方。

正可谓千钧一发之刻。使者帕拉撒达出城向西方疾驰的当天中午，站在培沙华尔城瞭望塔上的一名士兵发现北方的地平线上掀起了漫天沙尘。

"特兰军，来袭！"

接到消息的中书令鲁项立刻闭紧城门，下令加强防御。

"绝不可出城迎战。只要坚守五至十天，王太子就会率军返回这里了。我们要一心死守城池。"

倘若这些话由鲁项之外的人说出口，只怕要被指责为"不愿迎战的胆小鬼"了。但正因为是人格高尚、以稳重沉着而闻名的鲁项，才能够这样主张慎重论。帕尔斯军在紧闭的城门内侧高高堆满沙袋，静待着敌人的进攻。

与此同时，使者帕拉撒达出城后便一直沿着大陆公路，向太阳下落的西方策马狂奔。此刻的他，离王太子亚尔斯兰所率领的部队还有五十法尔桑（约二百五十公里）距离。直到去年为止，想在这条路上避开熙熙攘攘的行商队都是一件难事，如今却几乎已经看不到人影了。

帕拉撒达一路途经了数个帕尔斯军曾与鲁西达尼亚军交战过的地点，日夜兼程疾驰前行。这份速度和耐力实在惊人，然而马毕竟是生物，体力终究有极限。第二天傍晚，他的坐骑就倒在了地上。尽管是千挑万选出的名马，不眠不休地奔跑上整整一昼夜也还是撑不住。帕拉撒达束手无策，只得呆呆站在原地。

"起来，喂，快起来！"

帕拉撒达拼命拽着缰绳，然而马儿的疲劳已经达到极点。它听到骑手的声音摇摇晃晃想起身，前腿却突然一软，再次倒地，张开的口中涌出血沫，待到血沫不再涌出，便气绝身亡。

帕尔斯人对马的感情十分深厚，但这一刻的帕拉撒达却无暇为爱马之死感到悲痛，他徒步向前走去。纵使年纪尚轻，身强体壮，一天一夜的激烈奔驰也早已使他疲惫至极，步履蹒跚。这一路上，他滴水未沾，自然也没合上过一下眼皮。他喘息着，又走了一千步左右，突然在大路上看到了一个骑在马上的人影。

只见那人朝着西方不疾不徐地驱马前行。帕拉撒达望着那个悠然自得的身影，心中浮现了一个念头。他提高声音叫住那个旅人，拼命挪动疲劳至极的双腿走上前去。只听马上的男子兴趣缺缺地问道："你叫住我，有什么事吗？"

"没有时间仔细解释了。请借我马用一下！"

"很可惜，我现在正骑着这匹马。如果把马借给你的话，我就只能徒步了。"

男子生得身材魁梧，肩宽背厚。失明的左眼紧紧闭成一条线，右眼炯炯有神，眼中却闪着略带嘲讽的光芒。在正欲落山的夕阳之下，帕拉撒达没能认出对方的真实身份。独眼男子，正是曾经的万骑长克巴多，他和帕拉撒达一样也正要去见亚尔斯兰。唯有一点不同，他看起来不焦不躁，悠悠然地享受着旅程。

"如果你肯把马借我，我必有重礼相谢。"

"这种台词，应该等你真的送来谢礼之后再说。"

听到这番揶揄，帕拉撒达勃然大怒，觉得这个独眼男人在故意妨碍他的任务。

"没办法，只好动手了。"

帕拉撒达身心从容尽失，不由得拔剑出鞘。眼见利刃闪着寒光，克巴多依然一脸若无其事。

"别这样。话说在前面，我可是很强的。如果你不想害得父母或恋人为你哭泣，就多珍惜一点自己的性命吧。"

"闭嘴，你这油腔滑调的家伙！"

帕拉撒达大叫着，一剑砍向马上的男子。这一剑势头虽猛，却没能触及男子的身体。男子懒洋洋地举起未出鞘的大剑，连着剑鞘一起挥了出去。一片火花从帕拉撒达眼底闪过，他手中握着剑摔倒在地。一倒下，疲劳和饥饿就排山倒海地袭来，令他再也爬不起身来。他预料致命一击即将降临，便竭尽最后仅余的力气大声叫道："太遗憾了，帕尔斯的气数就要这样尽了吗？只因这个不明事理的人不肯借马给我！"

这句话没有逃过独眼男子的耳朵。他原本正要转身离去，又拉住了缰绳，转过宽广的肩头回头盯着帕拉撒达。

"你说我克巴多不明事理？矢口不提你自己的冲动急躁，只顾着信口开河。"

听到男子说出的名字，一道惊愕的电流瞬间流遍了帕拉撒达的身心。

"克巴多？！是那位久负盛名的万骑长克巴多大人吗？"

"不，单纯只是同名罢了。我可不是那么了不起的人物。"

这当然是句玩笑话，帕拉撒达却没有听出这个玩笑。他好不容易才终于撑起疲惫至极的身体，收剑回鞘，连脑后被克巴多重击的疼痛都忘记了，双手撑地低下头去。

"在下不知是克巴多大人，多有得罪之处，还请大人海涵。不，大人不肯饶恕在下也理所当然，只是在下也有苦衷。毕竟此事关系到帕尔斯一国的命运……"

克巴多觉得帕拉撒达的说法有些夸张，但是看到他竭尽全力的表情，还是听他说了下去。最后，克巴多把马也借给了帕拉撒达，自己则徒步走到大路旁的柏树下，坐了下去。只要在这里等待，应该就会遇到王太子亚尔斯兰的部队了吧——克巴多决定在那之前，先好好睡上一觉。

II

这天深夜，向克巴多借来马匹的帕拉撒达终于追上了亚尔斯兰的部队。当他驱马径直奔向那黑压压一大团在月光下不断向西移动的人马时，一队骑兵拦在了他的面前。

"不遵守作为帕尔斯人的礼节，随意试图接近王太子殿下本阵的莽撞之徒乃是何人？"

来者话音未落，长剑已然出鞘。看着映在剑锋上那清澄明净的月光，帕拉撒达颇感意外。出声盘问的，竟是一个有如音乐般悦耳的女声。来者正是亚尔斯兰部下的女神官法兰吉丝。

法兰吉丝听帕拉撒达简短地叙说了情况，立即带他一同前往王太子的大本营。亚尔斯兰连忙召集起军师那尔撒斯、万骑长达龙和奇斯瓦特，以及其他重臣。帕拉撒达带来的报告仿佛在他们之中投下了一颗巨大的炸弹。

"特兰军越过边境……"

聚集在王太子亚尔斯兰麾下的帕尔斯军武将之中应该没有一个人是懦夫，但他们不约而同地紧张了起来。在历史上，"草原霸者"特兰与帕尔斯世代为敌。在帕尔斯人看来，鲁西达尼亚人只是可憎，特兰却是"值得畏惧的强敌"。

在出发前往绢之国前，达龙曾在战场上一对一单挑当时的特兰王弟，将素以猛将名扬四方的对手斩于马下。自此以后，特兰就将达龙视作眼中钉肉中刺，在达龙往来于帕尔斯与绢之国之间的途中也数次前去袭击，欲取其性命。然而特兰国内也颇为混乱，阴谋横行，暗杀事件时常发生，最近两三年来都没有对帕尔斯采取大规模的敌对行为。

现在，特兰却南下侵入边境。这对帕尔斯人来说是一个巨大的冲击。偏偏就在终于要从鲁西达尼亚军魔掌中夺回王都叶克巴达那的时候，从旁又冒出了一个强大的妨碍者。况且告知他这个消息的，竟然还是邻国辛德拉的国王拉杰特拉。

"还真像是那位仁兄说得出来的话啊。明明是辛德拉更需要救援，这种时候居然还想着卖人情给我们。"

也不能怪奇斯瓦特苦笑，亚尔斯兰的幕僚们对拉杰特拉性格的奇异之处都心知肚明。

"那尔撒斯怎么看？"

达龙转向好友问道。

此前那尔撒斯一直闭目沉思，不发一语，直到达龙来套话，年轻的军师方才睁开双眼。在以王太子亚尔斯兰为首的数道视线注视下，那尔撒斯清晰地表明了自己的意见。

"我认为我们还是掉头返回东方比较好，殿下。"

总算踏上了解放王都叶克巴达那之路，现在却要中途折返。诚然令人遗憾，却也别无他法。最坏的情况下，甚至有可能被鲁西达尼亚军和特兰军前后夹击，遭到全歼。与其这样，不如趁前后两方的敌人尚未决定联手前，迅速分头击破方为上策。那尔撒斯如是解释。

女神官法兰吉丝耸了耸肩。

"只怕拉杰特拉王子会拍着手，喜笑颜开地欢呼'成功了'吧。"

"让他自己高兴去就好，那位仁兄心中的如意算盘在亚尔斯兰殿下的宏图大业面前不值一提。"

那尔撒斯干脆地断言，法兰吉丝以及其他人闻言也不禁点头。于是，全军的方针就这样确定了下来。黑衣骑士达龙却偏了偏头。

"就算要掉头回去，如果鲁西达尼亚军得知特兰军入侵，或许会乘势追上来。这件事可不能不保密啊。"

"不，不必保密。"

那尔撒斯的回答依然干脆利落。那尔撒斯不仅不准备隐瞒，甚至还想把特兰军入侵、帕尔斯军中途折返的消息主动向王都的鲁西达尼亚军通风报信。理由是这样的——如果放出"由于特兰军入侵，帕尔斯军慌忙返回东方边境"的情报，鲁西达尼亚军自然会去确认这个情报的真伪。他们一旦最后发现这个情报是帕尔斯军自己放出来的，势必会产生戒心。他们恐怕会认定"这绝对是陷阱，不可轻易出击"从而屏住呼吸目送帕尔斯军离去，绝不会主动动手。

反过来，就算鲁西达尼亚军乘势从王都出击，也毫无问题。鲁西达尼亚军正是靠着王都叶克巴达坚固的城壁才能与帕尔斯军对抗，一旦他们出城与帕尔斯军展开野战，那尔撒斯早已在心中拟定了三十余种彻底击败鲁西达尼亚军的战术。只消一战将他们彻底击败，重新赶回城中就好。这样的话，鲁西达尼亚军最后还是无法继续动手。

那尔撒斯向众人说明了自己的考量。事实上，他心中还藏着更为惊人的计策，但此刻他没有说出口。既然已经决定了目前的方针，就无须特意提出更多问题。

"那么，全军立即向东折返。请诸位做好动身准备。"

听到亚尔斯兰的声音，那尔撒斯开口对一名同伴说道：

"法兰吉丝小姐，不知可否拜托你先率领五百骑兵，先行赶往培沙华尔城去鼓舞一番守城将士们的士气？"

"领命。"

这个任务颇为危险，一头长发仿若黑缎的美丽女神官却二话不说便应允了下来。此刻，一直疲倦地靠在军议桌一角的帕拉撒达方才起了身，双膝跪地前行，匍匐在王太子面前。

"那么，就由我带领法兰吉丝小姐前往培沙华尔城。可否请您借我两匹马？"

亚尔斯兰那与晴朗夜空同色的眼瞳中浮现出了担忧的神色。

"你已经筋疲力尽了。不如先好好休息一晚，明天再和步兵一同出发如何？"

"您的好意我心领了，但我实在无心休息，请您务必让我与法兰吉丝大人同行。"

"我明白了，如你所愿。说起来，你为什么要特意借两匹马呢？"

"我必须把其中一匹还给之前借给我马的人。全拜那人所赐，现在我才能来到殿下面前。"

帕拉撒达曾被克巴多要求保密，因此没有说出他的名字。无论如何，把马借给使者的人就是帕尔斯军的恩人。亚尔斯兰将此事告知法兰吉丝，又命令侍者们为帕拉撒达准备食物。

帕拉撒达谢绝了以肉为主的菜肴，只要了一碗麦粥，以及一些加了鸡蛋和蜂蜜的麦酒。疲劳使他的肠胃颇为虚弱，需要避免油腻的食物。帕拉撒达放慢速度，尽量不狼吞虎咽地喝完粥，又将麦酒一饮而尽，正欲站起身来，却一个踉跄，再次软倒在地。片刻过后，他的口中传出了雷鸣般的鼾声。

"叫醒他太可怜了。到麦酒里的药效过去为止，就让他好好睡一觉吧。"

帕拉撒达已经极度疲劳了。倘若不稍事休息便再次策马奔驰，说不定会出人命，这可不是开玩笑的。话虽如此，亚尔斯兰并不觉得他会听从自己的制止，于是他便采用了一点小小的手段。他命侍者为这个鼾声如雷的骑士准备床铺，随即朝那尔撒斯点了点头。这是命令他立刻开始行动的无声暗号。那尔撒斯也朝他点点头，迅速对侍童耶拉姆下了几道指示。那尔撒斯目送着耶拉姆跑掉，随即转回视线朝王太子笑道：

"都已经走到这里了，您会觉得遗憾吗，殿下？"

"这个啊，确实有点遗憾，可是又总觉得这样似乎也很好。"

这是亚尔斯兰的真心话。他们在亚特罗帕提尼会战后吃尽了苦头，一旦事情太过顺利，反而会觉得有些不安。仿佛存在障碍和阻挠才是理所当然的。细细想来，特兰之前都没有入侵帕尔斯，这件事反倒有些不可思议。

据那尔撒斯推测，恐怕此前特兰国内也是内乱不断，没有攻打别国的余暇。而一旦他们国内安定下来，便开始环视近邻各国，发现每个国家都处于分裂危机之中，混乱不堪。这正中特兰人下怀。

帕尔斯与特兰虽然同属骑马民族，两国的社会构造却颇为不同。帕尔斯人有固定住所，从事农业、商业为生，而特兰却是一个游牧国家，获取财富的手段唯有支配别国以征收税金，或进行掠夺。在特兰，掠夺并不是犯罪，而是一门堂堂正正的行业。他们不像鲁西达尼亚一样打着神的旗号，这一点反倒相当直爽。

两名万骑长——"战士中的战士"达龙与"双刃将军"奇斯瓦特向王太子告退，回去率领各自的部队。亚尔斯兰仅带着侍从武官加斯旺德一人，走向停在大本营附近的一小队马车。那是由见习骑士爱特瓦鲁，也就是艾丝特尔率领的鲁西达尼亚难民一行。目前帕尔斯军要折返回去与敌军作战，便不能继续带他们同行了。

"就是说，要丢下我们不管了对吧？都已经一起走到这里了，你们这样不是很不负责任吗？要让带着病人和婴儿的我们怎么办才好啊。"——亚尔斯兰已经料到自己恐怕会被这样责备。

然而见习骑士爱特瓦鲁，也就是少女艾丝特尔，却直视着前来道歉的亚尔斯兰一语不发。她放下交抱在胸前的双臂，对只比自己小两个月的异国王太子点了点头。

"作为主君，去援救被敌人攻击的部下是理所应当的。你快去吧。感谢你一路上保护着我们的病人和婴儿走了这么久。"

亚尔斯兰心中不禁有些惊讶。他知道艾丝特尔是一个勇敢的少女，但她竟然这么懂事，说实话，有些出乎他的意料。道谢过后，艾丝特尔问道：

"说起来，那些特兰人信奉的是什么样的神呢？"

"具体情况我不清楚，但是他们似乎崇拜太阳。我听说过他们的神，名为太阳神。"

"是吗。反正归根结底都是异教徒。你加油哦，狠狠给他们点教训，不过别把他们全干掉。要让活下来的特兰人总有一天改信依亚尔达波特教，所以把他们全干掉就麻烦了。"

亚尔斯兰以为少女在开玩笑，重新打量起她的脸，却发现她是认真的。无论如何，她是真心希望亚尔斯兰取得胜利的，所以亚尔斯兰向她道了谢，并告诉她自己会留下足够多的粮食和药品。听闻此言，少女答道："我不打算要你的东西。暂且借用一下，日后一定会还给你。所以你一定要活着回来。因为你们异教徒死掉会坠入地狱，要是你去了那边我就没办法再把东西还给你了。"

Ⅲ

帕尔斯军迅速开始了移动。

鲁西达尼亚军却并没有动。他们就算想动也无法行动。平时为鲁西达尼亚人作出判断，向他们发号施令并担负起责任的，一直是鲁西达尼亚人的核心——王弟殿下吉斯卡尔，如今他却落入了逃出地牢的帕尔斯国王安德拉寇拉斯三世手中，仅仅为了救出他，鲁西达尼亚军就已经竭尽全力了。正由于他们认定帕尔斯军的突然行动背后必定有什么内情，才更不敢轻举妄动。他们只好把牙齿咬得咯吱作响，屏住呼吸，目送帕尔斯军离去。

即使足智多谋如那尔撒斯，毕竟也不是全知全能。他也无法完全知晓王都叶克巴达那城内究竟发生了什么。事实上，他在脑海中预先设想了几十种可能发生的事态，其中也包含"安德拉寇拉斯王靠自己的力量越狱"这种情况。然而，即使想到了这种可能性，并且准备好了对策，也无法料到事态恰好正如此发展——

这或许就是人类智慧的界限吧。

无论如何，鲁西达尼亚军毫无行动，对帕尔斯军来说终究是一件好事。帕尔斯军按照那尔撒斯的指示拔起营寨，开始向东方移动。达龙和奇斯瓦特指挥有方，全军在黑夜中转移也丝毫不见混乱。

此刻，法兰吉丝所率的五百骑兵早已沐浴着深夜的月光驰骋在向东的路上。法兰吉丝的英勇和美貌，在亚尔斯兰军中已经无法隐藏。因此，这五百名骑兵也不会因为被女性指挥而感到羞耻，反而就像被天上的女神指挥一样，干劲十足。如果闭上嘴不说话，法兰吉丝的确有着女神般的气质。

在疾驰了二法尔桑（约十公里）后，一行人遇到了一名男子。此人徒步走在大路上，悠悠然向众人挥着手。法兰吉丝掉转马头，走近这名高大魁梧的男子身边。

"你是什么人？要说是恶鬼的话，头上却没有长角啊。"

"我就是借马给来自培沙华尔城的使者的人。"

"哦，原来你就是我们的恩人吗。那我们欠你的可不能不还了啊。"

法兰吉丝打了个暗号，一名随从骑士立即牵来一匹无人骑的马，马背上还装好了马鞍。此外，他还递给克巴多一个沉重的皮袋，里面装满了作为酬谢的金子。

"原本应当更加隆重地对您致以谢意，但我们现在必须尽快赶往培沙华尔城，只得以这番薄礼答谢，还望您见谅。王太子殿下命我这样转告你。"

"喔，还真是细致啊。"

克巴多自言自语道。比起亚尔斯兰的礼数周到，更令他由衷赞叹的是法兰吉丝的美貌。在帕尔斯语和辛德拉语里，都有"仿若银色的月光般美丽"这样的比喻。和奇夫不同，克巴多从不会自诩为诗人，也不会将那些充满艺术感的赞美之辞脱口而出。他开口说出的，是另一句话。

"我也一起去培沙华尔吧。多少应该帮得上一点忙，你看如何？"

"你对自己的身手有自信吗？"

"有一点。"

以他来说，这种说法就是最大限度的谦逊了。然而，尾巴立刻就露出来了。

"我觉得自己大概是全帕尔斯第二勇猛的战士。"

他模仿着先前认识的那个叫梅鲁连的年轻人的口气，但法兰吉丝却似乎没有太大的反应。她用冷淡的视线打量了一番克巴多那高大魁梧的身躯，丢下一句"你想怎样就怎样吧"，便重新策马飞奔而去。克巴多咧嘴一笑，便随自己的心意行动了。

特兰军的勇猛彪悍大约与帕尔斯军不分伯仲。他们在野战中惊人地骁勇善战，却不太擅长攻城。想要击败坚守在培沙华尔城内以中书令鲁项为首的帕尔斯军，并没有那么简单。坚实高耸的红砂岩城墙阻挡了特兰军的攻势，而特兰军又没有太多攻城用的兵器，对闭紧城门、从城墙上射下箭来的帕尔斯军完全束手无策，即使草率接近也只是徒增损失。仅仅过了两三天，攻防战就陷入了胶着状态。

达鲁汉、迪撒布鲁斯、伊尔特里休、波伊拉、巴休米鲁、吉姆沙、卡鲁鲁克等特兰重要将领聚集在一处向南能够遥遥望见培沙华尔城的断崖上，召开了会议。特兰人是比帕尔斯人更加彻头彻尾的骑马民族，连会议也要在马背上召开。众人眺望着远处的红色城墙，各抒己见。

达鲁汉首先开了口。此人身材壮硕，红黑色的坚硬胡须盖满了整整下半张脸，前胸和手臂上都隆起强健的肌肉，现年三十五岁。若要说起特兰军中的猛将，首先便会举出他的名字。他的声音浑厚洪亮，听得人仿佛连内脏都一同震动起来。

"培沙华尔城的防守固若金汤。况且，城中的帕尔斯人一心等待着友军前来救援，才不肯出城迎战的。首先要引诱他们出城，倘若失败，也必须考虑停止攻城了。"

接下来轮到伊尔特里休发言。

"帕尔斯人闭城不出也无所谓。这就意味着我们去讨伐辛德拉国不会有后顾之忧了。改换进军方向先去进攻辛德拉吧。"

年轻的伊尔特里休是特兰王室的一员，平素被众人敬称为"亲王"。他身高中等，被晒得黝黑的前额和左颊上浮现着白色的刀痕，眼神锐利狰狞。他的生父乃是特兰国王之弟，与一个名叫达龙的帕尔斯人交手时被斩杀。他心中不仅燃烧着复仇的火焰，同时也怀有野心，想在灭亡帕尔斯之前先进攻辛德拉，以便扬名立万。

"亲王真是性急啊。"

苦笑着拦住亲王伊尔特里休意气用事的是卡鲁鲁克。他曾作为使节出使过绢之国和帕尔斯，是一位见多识广的珍贵人才。当然，他本人对此也多少有些引以为傲，年轻气盛的伊尔特里休等人毫不掩饰对他的反感。

"哼，那依你说该怎么办呢。就这样远远望着那堵红色的城墙，整天抱怨着打不下来、打不下来吗？"

"亲王如果执意坚持己见，也就请便了。"

"你说什么？！"

伊尔特里休感到好像被嘲弄了，他的眼中闪过一道利刃般危险的寒光。卡鲁鲁克丝毫不为所动。

"我只是考虑到身在王都沙曼岗的国王会怎样想而已。首先要给帕尔斯的那些家伙一点颜色看，进军辛德拉是这之后的事情了。"

听到沙曼岗这个地名以及国王的名讳，众将领都不由得面色微微一变。

特兰国的首都名为沙曼岗。虽说是王都，却不同于帕尔斯的王都叶克巴达那，没有高耸的城墙和宽阔整洁的街区。

特兰是一个游牧国家，在和平时代要靠向通行于广袤领土上商队收取税金，以及银山、岩盐矿，还有交易城市产生的利润来维持财政收入。特兰人并没有定居的观念，但他们为了支配需要一处根据地，这个根据地就是沙曼岗。他们将王宫筑在青翠欲滴的山谷之中，四周还环绕着大大小小两万顶帐篷。

而王宫本身，也是一顶巨大的帐篷。据一名见过特兰王宫的帕尔斯行商人记录，特兰王宫似乎是这样的情景。

"……它是一个四条边各长约百步左右的巨大菱形，高度则三倍于骑兵们所使用的长枪。支撑着大帐篷的支柱共有十二根，每一根都和人的身体一样粗。帐篷的最上方则有着圆形的顶。大帐篷的墙壁部分由六块厚布重叠起来构成，布与布之间积聚着空气，在冬季可以防寒保暖，在夏天则能阻挡炎热。墙壁最内侧一层布是绢制，特兰国王支付了一万头羊的价格才从绢之国购得这匹绢布。这匹绢布上由七种颜色的丝线刺绣着美女、圣兽以及花朵。地面上铺着毛毡，毛毡上还摆放着毛皮和藤编的椅子……"

游牧国家的国威会随国王的领导力一同大起大落。这一年的一月，在一场血腥的权力斗争后，国王特克特米休即位。他向臣下们承诺"要以南方的富饶来丰盈本国"。况且他们四年前落败于帕尔斯军，王弟被杀，这也使他们与帕尔斯结下了血海深仇。再加上近期还收到消息称帕尔斯被西方的异国入侵，国内混乱不堪。再也想不出犹豫着不去入侵帕尔斯的理由了，于是特兰人挥兵南下。而这一切，都正在那尔撒斯的推测之中。对特兰军来说，掠夺也是一项名正言顺的产业，因此他们会认为"劫掠独占财富的家伙有什么问题吗？"。自然，遭到掠夺的一方对此是无法容忍的。

特兰军面对着培沙华尔城墙，迟迟决定不下来如何采取行动。六月四日深夜，特兰军的营地中里突然一阵骚动。一队帕尔斯人马趁着黑暗，试图潜入培沙华尔城。

正是由法兰吉丝所率领的先遣部队。

"不自量力的帕尔斯人，还以为只要人数少就能趁着天黑混进城里吗。这就让你们领教一下自己想得有多轻率！"

一般来说，特兰人比帕尔斯人更加擅长夜间视物，过去两军夜战时帕尔斯军也因此常常吃到苦头。法兰吉丝对这一点心知肚明，但如今除此之外别无良策。她姑且也耍了一点小小的手段，派克巴多作为诱饵吸引敌军。若是换在平时，法兰吉丝绝不会把更危险的任务交由别人完成，但她总觉得，遇到奇夫或是这个独眼男人，危险自己就会先夹着尾巴逃走了。

克巴多很有诱饵的自觉，夸张地开始了行动。他指示被分派到自己手下的部下们朝特兰军的队列放出带火的箭矢，自己则挥舞大剑左右横扫。一名特兰骑士见状，猛地驱马朝他冲来。

"吾名为伊尔特里休，乃是特兰王室一员，身负亲王之称。若要前往培沙华尔城，先凭身手从我马前过去！"

伊尔特里休正为自己说着帕尔斯语华丽登场沾沾自喜，对面却有些不耐烦地当成耳旁风，依旧策马便往上冲。

"你不听身为武将之人报完大名吗？不懂礼数的蛮人！"

伊尔特里休大吼着，巧妙地操纵着坐骑，劈面便是一剑。对方抬起手中大剑，将他的剑格挡开来。

兵刃交击的声音在黑暗中回响，飞溅的火花将夜晚的一角照成了白昼。伊尔特里休注意到对方瞎了一只左眼，但这个画面随即又沉入了黑暗。对方——也就是克巴多，完全无意与他认真交手。他扬手拨开伊尔特里休斩来的剑，将马头转向培沙华尔城所在的方向，回头叫道："今天就饶你一命。快回去喝你母亲的奶吧！"

"混账！说什么胡话……"

伊尔特里休怒不可遏，催马猛追上去，挥剑便砍。黑暗中再次响起利刃碰撞的声音，绽开火花。火花映照在铠甲上，艳丽的光彩瞬间四散。

伊尔特里休勇猛强悍，克巴多也无法轻巧地仅靠单手敷衍了事。他转守为攻，摆出了认真迎战的架势。他朝伊尔特里休挥去强力的一剑，伊尔特里休举剑架下，只觉一股压迫感从剑刃一直传到手心，震得手心微微发麻。

二人相互交战了五六个回合，然而在敌我双方混战成一团的状况下，很难一直维持一对一单挑。其他人骑着马插进克巴多和伊尔特里休之间，将他们二人冲散了。混战的旋涡吞噬了这两个人，依然在不断扩大。

乘着这番混乱，法兰吉丝策马冲入了特兰军之中。她的目的并非斩杀特兰兵，而是想方设法抵达培沙华尔城城门。法兰吉丝必须趁克巴多以夸张的战斗姿态引开特兰军注意时尽快接近城门。然而，特兰兵还是发现了她。

"帕尔斯人！"

一个特兰兵大吼着挥剑砍向法兰吉丝，转眼间却只听他短促地惨叫了一声，翻身落马。原来是法兰吉丝从极近距离一箭射出。特兰兵哇地叫了起来，纷纷挥舞利刃，从左右两侧袭向可恨的帕尔斯人。黑暗中接连响起弓弦声，随之而来的是哀号和落马的声音。法兰吉丝的箭术和马术早已出神入化，即使擅长夜间视物的特兰兵也无法预测她变幻莫测的行动。

"喔，说不定全帕尔斯第一的神箭手就是那位女性啊。要是让梅鲁连那家伙见到了，说不定会想和她比试一下呢。"

在乱军中挥舞着大剑的克巴多，甚至还有余暇观察法兰吉丝出神入化的箭术。那个自称伊尔特里休的敌军勇士在乱军中咆哮着寻找克巴多的踪迹，克巴多当然无视了他。敌众我寡，况且还肩负着自己的目的，这可不是与强敌较量剑术的时候。

法兰吉丝与几十名部下一同到达了城门前。她一边挥剑驱赶着袭来的特兰兵，一边朝城门上大叫：

"开门！请开门。我乃是王太子殿下的使者法兰吉丝！"

培沙华尔城的将士们对这个仿若乐音般悦耳的声音记忆犹新。

站在城墙上负责指挥防御工作的鲁项连忙发出信号，几个沙袋随即被移开，城门开了一道细细的缝隙，法兰吉丝便连人带马冲进了那道缝隙之中。冲进城门的瞬间，她掉转马头，拔剑一挥，追在她身后冲进城内的特兰兵侧颈吃了一击，重重滚落在石板地上。克巴多也紧随其后冲进城中。最后只有不到一百名帕尔斯军成功入城，其余士兵则按照事先计划，趁夜色的掩护下逃离了此处。他们奔向东方去与亚尔斯兰本军会合。

"三天，请你们再坚持三天，到时帕尔斯全军就会赶来援助你们。王太子殿下绝不会抛弃自己的同伴。"

法兰吉丝话音一落，城中欢声雷动。

"不仅是法兰吉丝小姐，连万骑长克巴多大人都来了。区区有勇无谋的特兰军不足为惧。"

鲁项大声宣告，城中再次响起了欢呼声。法兰吉丝看了看身边，只见全身溅满敌人鲜血的魁梧独眼男子轻轻举起健壮的右臂，悠然自得地回应着士兵们的欢呼。

"你以前是万骑长吗？"

"算是吧。"

"原来如此，万骑长里也有各种各样的人啊。"

这就是法兰吉丝听不出是在称赞的感想。

IV

目前，帕尔斯军迎来了"可喜可贺"的结果，而特兰军一方却难捺愤怒和失望。帕尔斯军顺顺利利地进了城，城中的士气肉眼可见地高昂了起来。

亲王伊尔特里休盛气凌人地呵斥起同僚一众武将。

"被区区一个女流之辈冲散阵形落荒而逃，你们还算得上特兰的武人吗？你们真该对自己的名字和祖先立下的功绩感到羞耻！"

遭到伊尔特里休这般斥责，以达鲁汉为首的武将们皆面带愠色。他们的确没做到尽善尽美，但也不能说伊尔特里休就毫无责任。

"听好了，为了赢回名声，我们一定要攻下培沙华尔城，抓住那个女人给她点颜色瞧瞧！"

听到伊尔特里休这个主张，达鲁汉反驳道：

"万万不可本末倒置。我们的目的是消灭帕尔斯，为多年来的对立做一个了断。抓住一名女性大呼快哉，也太不分轻重了。只要我们灭掉帕尔斯，就能让她领教到我们的厉害了。"

道理上没错。伊尔特里休正要张口，却被卡鲁鲁克抢去了话头。

"确实如你所说不假。只是，自从侵入帕尔斯境内后战况一直毫无进展，想必陛下也龙颜不悦。就没有什么好的解决办法吗？"

"也不是没有办法。请各位看看这样如何？"

达鲁汉的提议是：放弃培沙华尔城，沿大陆公路向西行进。

毫无疑问，帕尔斯军将会从西方掉头返回，前来援救培沙华尔城。与其枉费时间和兵力不断攻击培沙华尔城，反倒不如放弃培沙华尔城向西进军，从容不迫地等待帕尔斯军的到来。只要击溃帕尔斯的本军，培沙华尔城就像失去了根的大树一样，无须动手便会自然枯萎了。

"在野外与帕尔斯军正面交战。总不会有人觉得我们会输吧。"

达鲁汉笑了起来。伊尔特里愤然打断他叫道：

"别人会怎样我不管，反正我不会。可是问题不在这里，请各位设想一下国王特克特米休陛下的心情。国王会希望我们这样做吗？"

甩下这句话，伊尔特里休便掉转马头，独自一人离开了会场。留在原地的众武将有些不悦地压低了声音。

"亲王也太急于求成了。"

"没办法。毕竟在国王御驾亲征之前，如果连一座培沙华尔城都攻不下来，亲王可就要颜面扫地了。"

"不仅是亲王，连我们也不知该怎样向国王交代啊。陛下可是非常严厉的。"

武将们沉默了。过了片刻，达鲁汉终于轻声开口说道："亲王甩下的那句话也不无道理。要是不把帕尔斯本军留给国王击败的话，恐怕我们会惹怒国王吧？"

"适可而止，对吧。"

卡鲁鲁克略带自嘲地对此表示了赞同。

从次日清晨开始，特兰军的攻势变得极其猛烈。因为一旦决定攻城，他们就要竭尽全力。特兰军兵力共有六万，皆为骑兵，其中三万人驻扎在西方以备帕尔斯军来袭，其余三万人便将培沙华尔城团团围住，向城中乱箭齐发，用圆木猛撞城门，在城墙上钉上木楔，再踩着木楔攀上城墙。帕尔斯军也一刻不停歇地匆忙迎战。克巴多鼓励士兵们："不用担心，有我吹牛克巴多在此。如果是一群美女也就罢了，草原上的放羊佬们休想让我交出这座城来。"

这个人似乎觉得"吹牛克巴多"这个绰号足以和诸如"战士中的战士""双刃将军"这样的誉称相提并论，士兵们闻言不禁莞尔。而他们一笑起来就忘记了疲劳和不安，士气昂扬地迎上特兰军的猛烈攻势。克巴多这个男人正是靠这种与达龙、奇斯瓦特完全不同的独特做法，鼓舞士兵们迎战困境的。

特兰军运来了一台投石器。他们习惯于让此前占领的地区的技师为他们制造兵器，材料也是因地制宜，就地取材。

这台投石器的性能实在说不上太好。它将五十块人头大小的石块抛进了培沙华尔城内，却承受不住反作用力直接散架了。于是特兰军又运来了第二台投石器，不想法兰吉丝从远处一箭射来，操作投石器的士兵应声倒地。随即又有另一名士兵上前试图操作投石器，而这一次法兰吉丝则瞄准投石器上的木制螺丝射出了带火的箭矢。只见螺丝被射得粉碎，投石器随之四分五裂，熊熊燃烧了起来。

法兰吉丝的神技令敌我双方皆惊叹不已。死心放弃了投石器的特兰军开始挖起了地面，试图挖掘出一条地下通道，以此侵入城内。他们在施工现场竖起一排盾牌防住流矢，一万名士兵猛然一同开始挖土。特兰军如此一来，帕尔斯军一时间想不出该如何对抗。待到法兰吉丝想起己方也可以挖出一条地道，再灌水进去时，已是第三天的拂晓时分了。

"是帕尔斯军！"

惊愕的叫声敲击着特兰将士的鼓膜。特兰诸将从床上一跃而起，飞身上马。

他们相信帕尔斯军会从西方前来，因此将主力部队驻扎在西方，一心只等帕尔斯军出现。帕尔斯军却按照军师那尔撒斯的计划，从大陆公路以南绕了一大圈，暂时进入辛德拉王国境内，再连夜从东方悄悄接近培沙华尔城。

于是，拂晓时分，帕尔斯军与特兰军在培沙华尔城的东面一带狭路相逢。从特兰军一方看来，就像是遭到帕尔斯军从城内外前后夹击一样。若是在广袤的平原上，原本还可以与帕尔斯军不分胜负，但此刻被抢占了先机，特兰军只得眼睁睁看着帕尔斯军闯进己方布阵。帕尔斯的将军跃马来到阵头大声挑衅道："趁别国遭遇不幸之时落井下石，兴无名之师的恶棍！草原霸者的称号别笑死人了，今后特兰最好自称草原的食腐动物！"

"双刃将军"奇斯瓦特朝敌军一声大喝。只见他左右手中双剑闪着寒光，只靠双腿操控着坐骑，手中利刃早已被特兰兵的鲜血染得殷红。目睹他的悍勇，特兰的一员猛将波伊拉策马上前。奇斯瓦特冷嘲热讽愈发不留情面。

"不自量力的野心不仅会招致杀身之祸，还会连累祖国灭亡。你是想主动沦为亡国之民，在历史上留下愚者之名吗？"

"你们才……"

波伊拉说到一半，突然停了下来——这便是无法与帕尔斯人同样熟练运用帕尔斯语的外国人的悲哀。在大陆公路上，只有帕尔斯语和绢之国语作为国际公用语被认可，因此，即使是特兰人，若想与他人沟通交流，也必须使用帕尔斯语。波伊拉意识到自己只凭一张嘴是说不过对方的。

"闭嘴！吃我一击！"

话音未落，波伊拉已经举起长矛刺向奇斯瓦特。这一击来势迅猛，非比寻常，奇斯瓦特却用左手中的剑漂亮地格挡开来，凌厉地平平挥出右手中的剑。利刃本应划开波伊拉露出空隙的咽喉，然而特兰的勇将巧妙地一摆矛柄，将这一击挡了回去。只见战马跃起，二人相互交换了位置。

就在奇斯瓦特与波伊拉激烈缠斗在一处时，黑衣骑士达龙已然冲进了特兰军之中。他对身边的部下们发出指示，命他们巧妙地赶走围上前来的特兰军，同时自己奔向培沙华尔城门。敢拦阻者皆被达龙斩于剑下，鲜血溅满天空大地。然而，依然有一名特兰骑士面无惧色，径直冲向达龙。

"喂，那个穿黑衣服的。你就是达龙吧？"

特兰骑士的双眼中散发出闪电般危险的光芒。来者便是拥有亲王称号的伊尔特里休。

"数千日以来，我从未有一日忘记杀父之仇。今天就是你为罪行付出代价的时候！"

达龙已经懒得细数究竟有多少人要向自己复仇了。作为一个人类而言，夺人性命无疑是一种罪恶，但达龙每次都是在堂堂正正的决斗中结果对方的性命，从未做过任何愧对于心的事情。当然话虽如此，对方怨恨达龙也是人之常情，无可厚非。

"虽然不知道你是什么人，可是如果只让你杀了我，对其他人可不公平。所以我不能被你在这里杀掉。"

"你放心，我会对他们道歉的！"

伊尔特里休气势汹汹地冲上前去。眼看二人就要展开一场激烈的单打独斗，四周突然传来数道箭声，一支冷箭射穿了伊尔特里休身下坐骑的颈部。马儿摇摇晃晃地发出了哀号，骑手愤怒地大声咒骂着，与马儿一同倒进了沙尘之中。

"日后再战！"

达龙丢下这句话，一拉缰绳，驱策黑马直冲向原本的目的地——培沙华尔城门。不知何时，城门已经在他面前敞开，一名骑士冲出城外，奋力挥舞大剑的身影，映入他的眼帘。

"喔，这不是克巴多大人吗？"

达龙瞪大了双眼。

"从亚特罗帕提尼一战之后就再也没见过你了,看你平安无事真是再好不过。你也是来追随王太子殿下的吗?"

　　"看这个样子,眼下我似乎有这个打算了。"

　　克巴多大言不惭地答道。与此同时,他手中的大剑也没有停止发出沉重的金属音,砸碎特兰兵的头盔,斩下他们的头颅,在砂土上描绘出血淋淋的马赛克纹样。达龙听到这种很有克巴多风格的回答,也对他笑了笑,纵横挥舞起自己的长剑。

　　达龙与克巴多策马并肩挥剑,用敌兵的鲜血在空中划出一道道彩虹。这幅景象令帕尔斯士兵们无比安心。自然,对特兰兵来说,这两个人则有如灾祸化作人形降临于世。他们瑟瑟发抖,畏惧不前,终于开始逃离那两柄奏响死亡旋律的利刃。

　　特兰军中回响起了撤退的号角。眼见形势不利,卡鲁鲁克命令拿着号角的士兵吹响信号。在混战之中,特兰军依然有条不紊地维持着秩序。撤军开始了。此刻波伊拉已与奇斯瓦特缠斗了二十多回合,仍未决出胜负,于是波伊拉便收起长矛,拨转马头。

　　迄今为止宛如沙尘暴般不断侵入帕尔斯境内如入无人之境的特兰军由于攻占培沙华尔城失败,被迫停止了进军。

　　王太子亚尔斯兰让老鹰"告死天使"停在自己的左肩上,走进了培沙华尔城。培沙华尔全城瞬间笼罩在一片热烈的欢呼声之中,迎接王太子的中书令鲁项也不禁感动得热泪盈眶。

　　得知帕尔斯军顺利入城的辛德拉国王拉杰特拉迅速传来联

络，表示他将率领一万骑兵和两万步兵，外加战象部队前来会合。情况仿佛一下好转了起来。

"真是的，那位仁兄还是无论什么事都只看怎样对自己有利啊。"

奇斯瓦特苦笑了一下，其他人也带着同样的表情面面相觑。毫无疑问，辛德拉国王拉杰特拉之前一定在心中打着小算盘，袖手旁观特兰军与帕尔斯军交战。据达龙看来，他一定是对辛德拉的诸神祈祷着双方能够两败俱伤——没有任何人反对他这个看法。

同时，特兰军在距培沙华尔城西方一法尔桑（约五公里）处重新集结，六月八日，他们重整队形再度兵临培沙华尔城下。而正当帕尔斯军准备出城迎战时，地震发生了。

这是一场非常猛烈而且持续了很久的地震。当地震停止时，帕尔斯军和特兰军的气势都被削弱了些许。双方没有开战，各自收起刀枪直接返回营地。两国的将士们尽皆交头接耳，低声议论起这场此前几乎未曾经历过的巨大地震。尤其是帕尔斯人，更不仅讶异于地震的强烈，还感到一种难以言喻的毛骨悚然从后背爬过。众人纷纷压低声音祈祷不要发生什么坏事，随即缩起脖子环视四周。

"精灵们实在是吵闹得很。似乎有一阵不祥的风从西北方吹来……"

女神官法兰吉丝皱起了她美丽的眉头，一脸担忧地站在城墙上，遥遥眺望着西北方向。在层层叠叠连绵不绝的浅紫色山岭另一侧，应该还耸立着一座格外巍峨险峻、有着奇异山容和不祥传说的山。

它的名字乃是迪马邦特山。

第二章　魔　山

I

　　事实上，王太子亚尔斯兰再次进入培沙华尔城一事，不算是可喜可贺。一个月前，他们刚刚从培沙华尔城出发，沿大陆公路攻下了两座原本属于鲁西达尼亚的城池，终于抵达了距王都叶克巴达那仅余一半路程的地点——而现在一切都要从培沙华尔城重新开始了。

　　"到头来一切都打了水漂吗？真是毫无意义啊。"

　　换作常人或许早已抛下这句话便纵容自己沉溺在徒劳感之中，亚尔斯兰却并没有这样做。

　　"培沙华尔城没有陷落太好了。遇难者也寥寥无几，这全拜各位在援军到来前一直坚守忍耐所赐。况且还可以与辛德拉的拉杰特拉大人共同携手御敌，总之实在是太好了。"

　　众人听到王子举出事态的积极一面，不由得情绪高涨，开始觉得眼前面对的局面也没有那么艰难了。——尽管事实上，他们若不赶走盘踞在大陆公路上的特兰军，就无法再次前往王都叶克巴达那。

入城以来，军师那尔撒斯似乎总是一副苦思冥想的样子。万骑长达龙询问起理由，只听得未来的宫廷画家站在培沙华尔城墙上压低声音道：

"其实，王都叶克巴达那的情况令我有些担心。"

"你是指什么？"

"总觉得鲁西达尼亚军的反应迟钝得有些异样，得知我军撤退时完全没有做出任何行动。"

"喂喂，这不是早就知道了吗？"

达龙苦笑着看向好友。鲁西达尼亚军之所以眼睁睁看着帕尔斯军撤退并未出手，想必是提防着帕尔斯军还有什么计策吧。依鲁西达尼亚军看来，只要躲在叶克巴达那城内闭门不出，就绝不会轻易输给帕尔斯军。达龙心想，一旦他们因此裹足不前，不就意味着那尔撒斯的计策奏效了吗。事实并非如此吗？莫非另有什么重大理由，导致鲁西达尼亚军无法离开王都吗？看着达龙的表情，那尔撒斯开了口："没错。对鲁西达尼亚人来说，城外的敌人并没有那么可怕。"

"你是说，你觉得王都内部可能发生了什么异常情况？"

那尔撒斯点了点头，上半身倏地一偏。只听一声闷响，一支箭射在城墙上，弹落在地。原来特兰军从城外远远射来了冷箭。

"这支箭如果射中，历史可就要改写了哦。"

那尔撒斯泰然自若地低语着，朝地面上的敌人故意挥了挥手，立即传来了一串怒不可遏的特兰语吼声。他对吼声充耳不闻，倚靠在城堞上再次陷入了沉思。

鲁西达尼亚军已经征服了一整个国家，外加另一个国家一半以上的国土。这一路上，他们想必做过不少勉为其难的事情，恐怕也免不了暴露出各种矛盾和纰漏。发生一两起内讧也毫不意外——达龙也想到了这一点，那尔撒斯却似乎已经考虑到了更深的层面。

"特兰军倘若走投无路，或许会与鲁西达尼亚军联手合作。"

"特兰人在鲁西达尼亚人眼里可是异教徒，就算这样他们也会联手吗？"

"眼下我们也正与辛德拉人携手合作，拉杰特拉王可不信帕尔斯的众神啊。"

"原来如此，的确有道理。"

"就算他们要联手也无所谓。和三四年前一样，再没有什么比半吊子的同盟更容易找出弱点乘虚而入了。何况我方也多了一位值得信赖的同伴。"

这句话是指克巴多。此人乃是一位名不虚传的豪杰，同时也是达龙、那尔撒斯和奇斯瓦特三人相识多年的好友。见他前来，亚尔斯兰自然欣喜不已地将他迎入阵营，但克巴多进城后只顾着喝酒睡觉。一旦身边有了更多的同伴，他就会放松下来。当然，这也或许是他以自己的方式避免出风头的一种体贴吧。

"话说回来，军师大人也真是免不了操心劳神啊。"

"嗯，艺术家果然还是不该与尘世之事扯上干系呢。真想尽快处理掉这些琐事，回到绘画的美丽世界之中去啊。"

"你绘画的造诣又该怎么说呢……"

达龙放低了声音，那尔撒斯没能听到他的这句自言自语。特兰军的呐喊从城外随风传来。他们无法攻破培沙华尔坚固的城墙，却依然不断维持着猛烈的攻势，而业已抵达边境的辛德拉军为避免流血，也只是紧紧盯着特兰军的阵营，并未做出任何行动。这实在是很有拉杰特拉王风格的精打细算，达龙也开始担忧起信赖着他的亚尔斯兰是否过于单纯善良。那尔撒斯似乎看穿了他的心情，便对亚尔斯兰王子如此评价道："居于上位者，当如殿下这样。至于悲观的事情由你我二人来考虑就好。倘若领导者不是一位在黑暗中亦能寻找到光明的人物，就无法建立起一个新的时代。"

听闻此言，好友终于露出开心的表情点了点头。那尔撒斯随即又想起了另一名不在场的同伴。

"最近都没有乐师大人的音讯。虽然他并不是那种会轻易死于非命的人，但现在又身在何方呢？"

却说在那培沙华尔城的西北方，一位艺术家正在重峦叠嶂的一隅继续他那孤独的旅程。即使对身为骑马民族的帕尔斯人来说，骑马走在如此险峻的山岳地带也并非易事，但这名深蓝色双眼中盈满快活表情的美男子骑术却精湛得令人讶异。无论是走在断崖边缘的小路上，还是满地碎石的山脊上，抑或是没有桥梁的河流中，他都游刃有余地操控着坐骑，一心朝着被人们当作魔山而畏惧的迪马邦特山深处前进。他的马鞍上，还挂着一把竖琴。

此人便是自称"旅行乐师"的奇夫。

与亚尔斯兰一行人分开后，他在与生俱来的冒险本能和好奇心以及某种奇妙的诱惑驱使下，骑马走进了迪马邦特山。换作淳朴老实的普通帕尔斯人，对迪马邦特山都只会感到恐怖和厌恶而已。

奇夫现在正主动走入这片禁忌之地。在亚尔斯兰一行人接到紧急报告，匆忙率军赶回培沙华尔城的时候，他正走上了另一条危险的道路。

许多年后，试图为国王亚尔斯兰撰写传记的帕尔斯历史学家们为记述三二一年六月发生的事情，可谓绞尽脑汁费尽心血。总而言之，在帕尔斯历三二一年六月这个月之中同时发生了数起重大事件，若要详细了解每一起事件绝非易事。

奇夫也需要为此负一部分责任。倘若这名自由奔放的男子没有突发奇想跑去攀登迪马邦特山，事件的总量应该还会再减少一点。

当然，奇夫并不知道后世人们将要面临的难题。

随着马儿不断前进，视野中的色彩逐渐黯淡了下去。黑压压的云层遮住了阳光，树木越来越少，灰褐色的断崖和裸露出来的岩石越来越多。此起彼伏的鸟叫声也渐渐从悦耳的啼鸣变成了怪异的嘶叫。岩石的缝隙间喷出毒烟，沼泽中充满了瘴气。帕尔斯的山野中原本满溢着生命之美，可是一旦踏进迪马邦特山境内，美景便全部消失了，仅余荒凉的压迫感扑面而来。

不知是否感到了这种压迫感，奇夫打量了一番四周，兴味索然地耸了耸肩。

"真是头痛啊。已经连续三天没看到女人的脸了。万一在山里不小心遇到丑女也错觉她是美女的话，可就无颜以对祖先了。"

就算只剩孤身一人，这个人也闭不上那张很欠的嘴。从广义上来说，迪马邦特山全境有七法尔桑（约三十五公里）见方，但奇夫在进山前便已在附近镇上里多买了些酒和粮食，还买了一件羊皮制的斗篷用以御寒。现在虽是夏天，但是在内陆的山岳地带一到夜晚气温就会急遽降低。

奇夫就这样走进了迪马邦特山境内。第二天夜色即将降临时，他在山路上发现了一些奇怪的东西。那是一些刚留下不久的马蹄印，而且不是只有一匹马。恐怕有多达几十名骑兵结成一队，从某处出发，比他更早路过此处。

"这太奇怪了，善良淳朴的人是不可能主动接近迪马邦特山的，除了我。莫非他们是强盗或山贼？无论是哪种，恐怕都不是太省油的灯。"

奇夫擅自做出了推测，随即抬起左手轻轻按上剑柄。他胆子虽大，却并不莽撞，自然也不准备犯下与大队人马狭路相逢这种愚蠢的错误。奇夫小心翼翼地继续沿山路向前走了半法尔桑（约二点五公里）便停下马来，决定在岩石背后过上一夜。渐浓的夜色中，他看到前方燃起了野营的篝火。无论从何种意义上来说，再继续前进都是很危险的。

II

清晨第一道阳光拂过眼睑时，奇夫恢复了意识。昨夜他熄灭了篝火，又喝了些葡萄酒想让身体从内部暖和起来，可是待到天亮时分，酒的效果已经散去了，冷得瑟瑟发抖。奇夫在小河边洗漱了一番，又喝下一杯葡萄酒，让身体重新暖起来。他在手心里放了一些砂糖给马儿舔了舔，突然感到水滴落在脸颊上，便抬起头来，没过片刻耳畔就传来了雨点窸窸窣窣打在草叶上的声音。

"又要下雨了吗。看来我被这座山讨厌了啊，可见我为人太正派了。"

奇夫从不稳定的天气推导出了一个对自己有利的结论，随即把鞍放到马背上。

"有人说迪马邦特山上降下的雨水是蛇王撒哈克的眼泪，但那绝不是后悔的泪水，只怕是愤怒吧。"

在帕尔斯全国，没听说过蛇王撒哈克之名的人恐怕只有仍在襁褓之中的婴儿。这个名字仿佛拍打着黑暗的翅膀，向人们心中吹去阵阵令人战栗的寒风——他正是杀害伟大的圣贤王夏姆席德，将黑暗统治实施了千年之久的魔王。他左右双肩上生着两条毒蛇，靠吞噬人类的脑维持着永生不死。

"再不听话，晚上蛇王就会把你抓走喔！"

帕尔斯人从小都是在母亲的恐吓中长大的，即使是身高体壮的成年男子，一听到蛇王撒哈克之名也会下意识缩起脖子——连奇夫也不例外，听到有人大叫"蛇王！"瞬间就会摆出临战的姿势，已经是条件反射了。

而打倒蛇王撒哈克、建立起帕尔斯王国并一直延续至今的英雄王凯·霍斯洛，在帕尔斯人的心目中则是一位正如其头衔字面般当之无愧的英雄。帕尔斯人诞下婴儿时，总会默默祈祷"请赐予此子夏姆席德之聪颖仁厚，以及凯·霍斯洛之胆略信义"。

凯·霍斯洛即位后与其子反目成仇，人生或许算不上幸福美满，但他死后受到的崇敬甚至胜过了帕尔斯的众神，被人们奉为帕尔斯至高无上的守护者。

"……被封印于迪马邦特山地下深处的蛇王撒哈克，将于世界末日再度显现，使世界重归黑暗。然而，彼时英雄王凯·霍斯洛亦将再度降临，此次定会将蛇王永远流放于冥界……"

帕尔斯民众之间流传着这样的传说。但奇夫在这一点上的看法与普通帕尔斯人有所不同。

"哼，已死之人怎会再度降临于世。人世间的罪恶和灾厄只能靠人们自己的双手去解决。正因为自己什么都不做，一心只知求神保佑，才赶不走鲁西达尼亚人，也废除不掉奴隶制度，这也难怪了。"

所以奇夫才相信亚尔斯兰身上蕴含着"祛尽世间一切灾厄的力量",才会一反常态地想对一个拥有王族身份的人出手相助,这份心情直到如今依然未曾改变。

奇夫并没有放松警惕,但他毕竟不是拥有透视能力的魔道士,自然也不会知道前面那支骑兵部队迷了路正掉头返回。于是,他就在山路的转角和戴银面具的男子席尔梅斯撞了个面对面。

没有人知道是席尔梅斯还是奇夫更为惊讶,唯独可以确定的是,双方此刻都无意重温旧谊。

在远征辛德拉前夕,两人在培沙华尔的城墙上曾有过一次不友好至极的碰面,那是两人的第二次见面,而半年后的今天冤家路窄,他们第三次见到了彼此。

两个人相互瞪了片刻,终于奇夫先开了口。

"哎呀哎呀,原来是银闪闪的大帅哥,看来你还没被培沙华尔护城河里的鱼吃掉啊。如果能连那身泥土味也一起洗掉就更好了。"

他的唇枪舌剑被银色的面具反弹了回来。银面具席尔梅斯低沉的咆哮打破了凝重的沉寂。

"你这小丑来这里干什么?"

席尔梅斯随即自问自答道:

"对了,一定是亚尔斯兰那小杂种命令你来打探我们消息的吧。看来你们是打算和我作对到底了吗？"

"看到和自己立场不同的人就立刻断定为敌人，您这样作为一国之君是不是有些欠缺风度啊，殿下。"

奇夫此言不无道理，但他当然也是在有意激怒席尔梅斯。席尔梅斯立即勃然大怒，抬手搭上剑柄，从面具双眼处的细缝中迸射出强烈的敌意。

奇夫也摆出了迎战架势。银面具的部下们在狭窄的山路上向左右最大限度散开，组成一个半圆形，将奇夫围在其中。旅行乐师用余光瞟着他们，语带嘲讽地自语道：

"哎呀，这可是和培沙华尔城完全反过来了啊。"

话音未落，长剑寒光已然一闪而过。

鲁西达尼亚骑士欧拉贝利亚与三个同伴各自带着两名随从，跟踪在席尔梅斯一行人身后。这十二名鲁西达尼亚骑士乃是奉了王弟吉斯卡尔的命令前来调查银面具行动的，他们还不知道向他们下令的王弟本人正被困在叶克巴达那动弹不得。

欧拉贝利亚等人小心翼翼地不让席尔梅斯一行人注意到他们正跟踪在身后。一名同伴骑在马上朝欧拉贝利亚问道：

"那个帕尔斯人究竟在想些什么？"

"天知道。反正异教徒的脑子里绝对打不了什么好主意。"

作为一个典型的依亚尔达波特教徒，骑士欧拉贝利亚狭隘而偏激地断言道。他随即出声勉励起同伴：

"但是无论如何，我们还有神的护佑，帕尔斯的邪神以及邪教徒之流不足为惧。最重要的是，我们乃是奉王弟殿下之命前来调查的。"

欧拉贝利亚首先勉励起了自己。

"只要完成王弟殿下的嘱托，我们就会有光明的前程。自从成功征服帕尔斯以来，我们还没有立下过一次功勋，就趁此良机让其他骑士都来羡慕我们吧。"

一旦开了口，欧拉贝利亚就再也收不住话匣子了。就算同伴们都在身边，也无法完全拂去内心的不安。每向前迈进一步，四周的风景都愈发阴沉暗淡，寒风也更加凛冽刺骨，不像云也不像雾的水气翻卷着旋涡，怪鸟的啼声不时敲打着众人的耳膜和心房，令人不禁胆寒。毒烟泛起阵阵令人不快的刺鼻臭气，马儿们也都忐忑不安地放慢了脚步。

"这完全就是之前听圣职者描述过的地狱景象啊。"

"别说这么不吉利的话！"

低声交谈中的火药味越来越浓。这些鲁西达尼亚人并未对迪马邦特山怀有帕尔斯人那种与生俱来的恐怖厌恶，即便如此，他们依然感到了一种难以言喻的诡异气氛。他们毕竟身为骑士，并不害怕挥剑战斗，但这种诡异的气氛究竟又是怎么一回事呢。天空与大地之间卷起一片昏暗的恶意，伴随着潮湿的空气一同袭向鲁西达尼亚人，令他们只觉侧颈阴冷难耐。

"好奇怪，那些帕尔斯人似乎正和另一个帕尔斯人互相对峙呢。"

走在最前面的欧拉贝利亚向同伴报告道——这自然是指银面具与奇夫的对峙。

他是躲在岩石背后偷偷看到这一幕的。这些鲁西达尼亚人与奇夫、席尔梅斯所在之处隔着深深的峡谷，况且还位于下风方向，因此二人都没注意到他们。即使聪慧细心如奇夫，也只被银面具一行人吸引去了全部注意力。

"怎么能这样，这不是仗势欺人吗，实在是太有悖骑士之道了。我们不去帮忙没关系吗？"

同行的一名骑士冬·里加路德问道。欧拉贝利亚闻言目瞪口呆，抖动着胡子厉声斥责同伴：

"说什么傻话。让那些不信真神的邪教徒自相残杀去不就好了吗。不管死掉的是谁，都不关我们的事。"

"嗯，话是这样说，可是异教徒也有异教徒的礼仪吧？"

而当事的帕尔斯人双方并不知道身后有一群人伸手捂住马嘴，吵吵闹闹地边看戏边品头论足，只是自顾自地将对峙升级成了争斗。

"你为什么跟在我们后面？"

奇夫的行动会招致席尔梅斯如此误会也无可厚非，而他这个人又不是会主动去解开误会的性格。

"银面具大人还是问问自己的内心吧，我就只是一个普通的乐师而已。"

"哼，嘴还真硬。话说回来，蹩脚画家之后又来了个蹩脚乐师吗？看来帕尔斯绽放的艺术之花也难逃凋零的命运了。"

嗤笑声被包裹在银面具内部，一种难以形容的声音从面具中透出。奇夫心想，被人与军师的画技相提并论可实在是难以接受——但他并没有说出口。席尔梅斯拔剑出鞘，划破了山中寒冷的空气。

"既然命中有此一遇，就在这里做个了断吧。"

"这可糟了。被杀的话，不就要死掉了吗？"

"胡扯什么！"

斩击随着怒吼一并袭来，来势极其凶猛，倘若奇夫正面吃了这一剑，无疑要被从肩头到腰间生生斩成两截。然而奇夫也并不是束手待毙的泥娃娃——他以令人惊愕的柔软动作，连人带马避了过去。席尔梅斯一剑砍空，略略失去了平衡。

霎时间，奇夫的剑划过长空。这一剑亦凌厉无比，席尔梅斯的反应也非常人所能及。他瞬间翻转上半身和手腕，用剑锷接住奇夫的剑，将其格挡了回去。

马儿长声嘶鸣，两匹战马在狭窄的山路上擦肩而过，八只马蹄彼此交错。

"安德拉寇拉斯那小杂种的几个部下都相当擅长逃命啊，那尔撒斯那厮也是。"

"此言差矣。"

"什么？"

"我可要比他擅长多了。军师大人的修行还远远不够呢！"

奇夫用力一拉缰绳，身下的马儿便高高抬起了前蹄。席尔梅斯让自己的坐骑略微后退了一步，却遮掩不住一脸嘲讽的神色。奇夫掉转马头，看似要落荒而逃。席尔梅斯打算一剑砍上他的后背。

然而，奇夫的确是一个"高手"。

马儿前蹄甫一落地，奇夫便径直冲向正前方，化作一团狂风猛地冲过一脸惊愕地高高举起剑的席尔梅斯身边，顺势策马奔向山谷。他巧妙地操纵着坐骑，奔下宛如绢之国屏风般陡峭的斜坡，最后几步一跃而起，跳进河里，溅起了高高的水花。他故意朝悬崖上毕恭毕敬地挥了挥手，席尔梅斯的部下们见状怒不可遏地张弓搭箭，怎奈双方隔着死角，竟然无法射到那个可恶的乐师。笑声飘扬在风中，只见奇夫的身影朝着下游渐行渐远了。

III

英雄王凯·霍斯洛的陵墓位于迪马邦特山域北部。

在传说之中，它南面封印着蛇王撒哈克，北方怒视着与帕尔斯世代为敌的特兰，守护着帕尔斯免遭地面上和地下的恐怖所威胁。

"死后还要被迫继续工作几百年，太让人头疼了。真不该当什么英雄。"

——换作奇夫的话一定会这样说吧。但凯·霍斯洛似乎是一位远比奇夫更有责任感的人物，他并未化作幽灵鸣冤叫屈，三百余年来一直尽职尽责地在陵墓中守护着帕尔斯的国土和历史。在他的子孙中，有明君也有昏君，亦有体内流淌着相同血统的人为争夺宝座而相互欺瞒、残杀。他们遭受过其他国家的侵略，也侵略过其他国家。帕尔斯的历史，绝不仅仅是在和平与富饶之中延续至今的。应当说，帕尔斯作为一个富饶的泱泱大国历经了三百余年，国内存在着诸如奴隶制度等等社会矛盾，众多野心之徒虎视眈眈地觊觎着国王的宝座，英雄王留下的德泽也日渐式微。而现在，银面具一行人来到了他的陵墓。

"吾之祖先，伟大的开国之君凯·霍斯洛啊，请将您的胆略与信义赐予您的子孙吧！"

席尔梅斯跪下祷告。

陵墓全境颇为宽广，在埋葬英雄王灵枢之处立有大理石墓碑，四周饰有诸神的塑像。过去国王每隔半年就会派遣使者前来举行祭奠仪式，但在亚特罗帕提尼大败之后便无暇顾及此事了。于是，原本就颇为荒凉的山中便愈发寂寥了起来。

"此番前来，是想与国土和王位一并继承您的宝剑。我明白就这样取走宝剑极其无礼，但待到正统王位恢复之时，我定会为您献上盛大的祭典，请您宽恕我的一时僭越。"

席尔梅斯深施一礼，站起身来。

骑士们的表情中都带着一丝畏怯。他们与敌兵交战时个个勇猛无匹，但现在可是在挖掘英雄王凯·霍斯洛的陵墓。这简直就是毫无敬畏之心，他们不得不在挖掘陵墓之前先翻掘起自己的内心。席尔梅斯也明白他们的心情，并没有劈头盖脸地斥责他们。

"我们并不是破坏陵墓的盗墓贼，这一切全都是为了守护帕尔斯王室的正统血脉，宝剑鲁克奈巴特才是正统王室血脉的证明。拿到这柄宝剑，才能向篡位者安德拉寇拉斯和他的小杂种昭示，我乃是王位的正统继承人。"

"话虽如此，殿下，但属下听说宝剑鲁克奈巴特是以其灵力将蛇王撒哈克封印在地下的。倘若取出宝剑导致蛇王再度降临于世……"

提出这番意见的是查迪，一个在父亲卡兰死后便以席尔梅斯忠实部下自居的年轻人。查迪竟会对此事提出异议，这令席尔梅斯大为惊愕。他心中略感不快，但依然毅然决然地继续说服部下。

"封印住蛇王撒哈克的是凯·霍斯洛的伟大圣灵，而宝剑鲁克奈巴特不过是他的一件附属物而已。况且即使鲁克奈巴特自己有灵力，一旦蛇王复活，也可以靠宝剑的灵力再次将蛇王封印，所以完全不必害怕。来，你们如果理解了我说的话，就快来帮忙吧。"

席尔梅斯的话还是有其道理的。骑士们仍然有些犹豫，但如果继续犹豫下去，显然不用等到地下的蛇王发怒，面前的银面具就要先爆发了。不知是谁先拿起了铁锹锄头，按照席尔梅斯的指示开始挖起了土。众人都一心想要尽早结束这份讨厌的工作，默默挥起锄头不断挖着土。

"我们不是要挖出英雄王的灵柩。只要取出宝剑鲁克奈巴特，我们便立即将灵柩再次埋入土中，一根手指都不碰，绝不会冒渎英雄王的遗体。"

盯着骑士们挖土的席尔梅斯继续说道。查迪面色凝重地点了点头，将视线投向空中。

"雷雨好像要来了。"

他的声音中蕴含着不安。黎明时分降下的蒙蒙细雨早就停了，可是厚厚的云层反而更加阴沉晦暗，席尔梅斯的银色面具和骑士们的铠甲也随之失去了光泽。一道道游走在暗灰色漩涡中的微弱光芒仿佛雷神露出的獠牙。席尔梅斯只是简短地答道："加快速度！"

片刻过后，一名骑士突然发出了惊呼，其余同伴也随之一同叫了起来。只见被挖开的深坑中露出了石棺的一部分。骑士们丢下工具，开始徒手刨起土来。惊呼声再度响起，一个被潮气腐蚀得破破烂烂的筒形绢包出现在众人眼前。席尔梅斯大步流星走上前去拿起包裹，沉甸甸的感觉顿时从手心中传来。那包裹的长度足足超过了他的一半身高。

"这就是宝剑鲁克奈巴特吗……"

席尔梅斯的声音有些颤抖，感动与兴奋之情似乎透过那张银面具渗了出来。他丢掉绢质包裹，从黄金剑鞘中拔出剑身。

这柄宝剑根本不像已经在土中埋藏了三百余年。剑锋光彩夺目，胜过百万颗水晶。"以太阳的碎片锻造而成"这个形容，实在再恰当不过。越是凝视着剑身，它的光芒就越发耀眼，光波仿佛以一定的节奏传到席尔梅斯握紧剑柄的手心，使他全身盈满了力量。席尔梅斯体内激荡着就算面对巨象也能手起刀落、一剑斩杀的自信。他深深吐出一口气，再次赞叹了起来。与此同时，一个嘲讽的声音打破了他的陶醉。

"哼，原来银面具大人的目的是盗墓啊。人类还真是一种不甘落魄的生物。"

数十道视线同时转向声音响起之处。陵墓的入口伫立着一个骑在马上的人影，不用说也知道那是奇夫。方才的感动被冲淡了，席尔梅斯周身弥漫起熊熊怒气。

"蹩脚乐师，你不请自来是打算为自己演奏一首送葬曲吗？我不想玷污陵墓，给我夹起尾巴快滚！"

"怎么可能。世间就算有人能够得到宝剑鲁克奈巴特，也应当是亚尔斯兰殿下。殿下才是最有资格拥有宝剑的人。"

奇夫斩钉截铁地说道。但这并不是他从过去就一直抱有的信念，只是眼前的状况使他说出了这番话。至少，他不认为银面具是宝剑鲁克奈巴特真正的主人，况且现在他也很想故意气气这个不知为何就是和自己有着剪不断的孽缘的银面具。

当然，对方是银面具的话，就算只想气他一下也是要赌上性命的。奇夫绝对没有低估银面具作为一名剑士的实力。况且他是单枪匹马，银面具却带着一群身强力壮的部下。正因如此，之前奇夫才会暂且逃离他们的剑下。

"可就算这样，我更是觉得绝不能让宝剑落入不适合的人手中。唔，连我都敬佩起自己这份良苦用心了啊。"

"你一个人在那里吟什么狗屁不通的诗。"

银面具重新握紧了宝剑鲁克奈巴特的剑柄。在他眼中，这柄又粗又长的宝剑并不仅是一件钢铁的铸物，更像是凝聚了无数光彩的结晶。席尔梅斯突然莞尔一笑。

"你诚然是个荒谬的家伙，但的确也是一名非同寻常的剑士。就让我赐予你作为正统国王旗鼓相当的对手，被斩于鲁克奈巴特之下的荣誉。哼哼，当然如果你想抵抗也完全没问题。"

奇夫不由得咽了一口口水——虽然承认这个事实令人很不愉快，但鲁克奈巴特的确拥有着一种连奇夫这样桀骜不驯的人都能震慑的威严。然而奇夫依然不顾一切地拔出腰间佩剑。正在此刻，远处突然传来一阵好像什么东西在摩擦的声响。马儿焦躁不安地喷起响鼻，脚边的小石子也弹跳了起来，大地骤然发出轰鸣。

"……地震！"

众人的脚底不断摇晃着，转瞬之间，地底"咚"地涌上一股剧烈冲击。马儿跳了起来，坐在鞍上的人随之被高高弹起。大地汹涌起伏着，发出仿佛挥鞭的声音，裂开了一道道缝隙。小石子不断弹跳着，潮湿的泥土四处飞溅。

"停下，停下！"

奇夫拼命控制着狂嘶不已的马儿。幸好他没来得及拔出佩剑，还可以用双手操控战马。而席尔梅斯已经拔出了宝剑鲁克奈巴特，他既不能失手掉落宝剑，也不能放开缰绳，光在马背上维持平衡避免落马就已经竭尽全力。奇夫轻快而巧妙地操控着坐骑，逃出了宝剑鲁克奈巴特颀长剑身的攻击范围。鲁克奈巴特剑身散发出彩虹色的光芒，映出了人们恐惧战栗的表情。

"英雄王发怒了！"

"蛇王要复活了！世界要回归黑暗了！"

骑士们的口中迸发出两种完全相反的惨叫声。毋庸置疑，某种超越人类认知范围的存在开始了活动——姑且不论它是善是恶。迷信的恐怖笼罩在骑士们的心头，甚至有人抱头匍匐在地，向英雄王的圣灵乞求宽恕。

"戴银面具的老兄啊，你似乎把蛇王的封印解开了。"

"什么……?！"

席尔梅斯在一片混乱中分辨出奇夫的声音，狠狠瞪向他。

"那柄宝剑鲁克奈巴特。连三岁小孩都知道英雄王凯·霍斯洛是为封印蛇王才埋在这里的，以正统国王自居的你绝对没有不知道的道理。"

奇夫的口气斩钉截铁。席尔梅斯怒视着旅行乐师，却已无暇反驳。地面上裂痕不断扩大的声音与大大小小的石块从悬崖上滚落下来的声音交汇成令人毛骨悚然的声响，几乎充满了整个世界，而隆隆的雷声又盖过了这一切。断崖上的岩石被直接击中，碎裂四散，仿佛人头大小的石块就落在奇夫身旁不远处。乌云滚滚压向奇夫头顶，气流形成了漩涡，卷着砂砾迎面吹来。

"原来银面具大人比起国土更重视王权啊。不管蛇王撒哈克复活会残害百姓还是要灭掉国家，你都更关心自己的宝座。真是一位了不起的国王陛下！"

"你还有完没完，给我住口！"

席尔梅斯怒吼着，不顾地面还在剧烈震荡驱马上前，想赏给这个无礼的乐师致命的一剑。

IV

强烈的力量不断撼动着地轴。天空中乌云密布，时而划过蓝白色的闪电。天与地似乎从上下两方夹击着人们。

"救命，救……"

一名骑士腿被裂开的岩石缝隙夹住，厉声惨叫了起来。他们的马有几匹已经逃走了。查迪大吼着"镇静！镇静！"，但他的声音也失去冷静破了音，听在其他骑士耳中自然更是收效甚微。

"殿下，总之请先去安全的地方避难！"

查迪的大喊并没有传到席尔梅斯的耳中。席尔梅斯已经顾不得其他的一切，一心想用奇夫来试试宝剑鲁克奈巴特的威力。

咆哮从马蹄下传来。

地面裂开了。仿佛无法承受鲁克奈巴特凌厉的气势一般，大地随着骇人的摩擦声绽开无数道昏暗的伤口，纵横无尽地扩散开来。

奇夫毫不犹豫地一踹马腹，动作巧妙而熟稔。马儿一跃而起，跳过巨大的裂缝，又落在依然震动着的地面上。席尔梅斯亦是一名非比寻常的骑手，他单手高举宝剑鲁克奈巴特，策马跃过了裂缝。马儿的后腿蹬碎了裂缝的边缘，席尔梅斯瞬间大惊失色，身体晃了晃，立即又重新调整姿势，径直冲向奇夫。

鲁克奈巴特撕裂了空气。奇夫凭直觉意识到，若是举剑格挡，只怕剑也会折断，便迅速低下头避过了这致命一击。蓝白色闪光掠过头顶的瞬间，奇夫明白自己的判断是正确的。

"将鲁克奈巴特埋回地下！"

奇夫大吼。他本是一名俊美儒雅的艺术家、诗人，却也有这样朝人怒吼的时候。

"闭嘴！就你话多！"

席尔梅斯也吼了回去。只见他右手中多了一道新的寒光，那不是鲁克奈巴特，而是他原先的佩剑。他将鲁克奈巴特收回剑鞘，抛向查迪，拔出自己的剑，似乎暂时放弃了对鲁克奈巴特的执着。

说不定这家伙比我稍稍强一点点——事实上奇夫也暗自这样

想着，但既然对方的剑不是鲁克奈巴特，就没什么可怕的。剑身激烈碰撞，四溅的火花仿若地面上迸发出的雷光。大地不断震动，战马的身体也随之不断颠簸，两名杰出的战士在马鞍上跃动着身躯，往复交战了约有十余回合。

战斗骤然中断了。在交战的间隙中，一幅景象同时映入了两人的眼帘。奇夫停止了动作，席尔梅斯也丢下劲敌，拨转马头。只见代主君保管着宝剑鲁克奈巴特的查迪迟疑了良久，突然将宝剑投入了地面裂开的缝隙中。席尔梅斯匆忙赶到时，只看到宝剑落向暗黑地底前发出的最后光芒。

"查迪！你在做什么！"

"正如您所看到的，殿下。"

"你知道自己在做什么吗？是故意的吗？"

席尔梅斯的剑呼啸着破空而来，剑刃侧面狠狠抽打上查迪的面颊。查迪的鼻子顿时喷出了鲜血，他跳下马来，跪在震动尚未平息的地面上，抬头仰望着暴怒的主君。

"想怎么打我都请尽管打吧，就算杀了我，我也绝无怨言。很遗憾，事实正如这个无礼的乐师所言，宝剑鲁克奈巴特乃是封印蛇王不可或缺的神器。待到殿下终有一天取回正统王位时，再命神官举行仪式，将宝剑堂堂正正佩戴在身上不就好了吗？殿下目前征伐人世间的敌人完全不需要借助宝剑的力量。"

大地每一次摇动，查迪的声音就随之颤抖一下，然而当他长篇大论的谏言结束时，四周已经变得相当平静了。

"看来封印的力量在千钧一发之际恢复了啊。"

奇夫感到肩头一阵轻松。地震和落雷确实逐渐平息下去了。毫无疑问，宝剑那不可思议的力量与大地产生了共鸣。

席尔梅斯也在不知不觉间放松了紧绷的肩头。银色的面具微微震动着，从中传出竭力忍耐着的声音。

"查迪啊，你父亲卡兰向正统国王宣誓效忠，却死于非命。这次就看在卡兰的功绩上饶过你，下不为例。听好了，若是再违逆我的心意，你父亲的遗德也救不了你。"

席尔梅斯勉强压抑住了激动的心情。查迪将满脸鲜血的脸贴在地面上，叩谢主君。席尔梅斯摇了摇头，命令幸存的部下们骑上马去。

"哼，还以为那人只是个空有高壮身材的粗鄙莽夫，没想到也并非如此。席尔梅斯王子似乎也不是连一个能干的部下都没有……"

自言自语之间，奇夫突然抬起右手奋力挥剑，挡下了袭来的利刃，锐利的金属声回响在空中。方才还匍匐在地的查迪突然一跃而起，朝着奇夫一剑砍来。

"喂，你要干什么，太粗鲁了！"

"还能干什么。你乃是悖逆银面公子的不轨之徒，就算不关鲁克奈巴特的事，我也要杀了你！"

查迪的主张也不无道理。即使在宝剑鲁克奈巴特的处理问题上偶然意见一致，奇夫也没有任何以后还要和银面公子席尔梅斯等人好好相处的道理。

更何况查迪虽然出于忠诚之念，但从结果而言，还是悖逆了主君席尔梅斯的心意，激怒了他。事已至此，查迪至少想斩杀掉奇夫之流，为席尔梅斯扫平些许障碍才好。

"我明白你的立场，但我也有我的立场，不能轻易被你杀掉。而且我凭什么要被实力比不上我的人杀掉呢？"

"住口！"

"再见，我没空奉陪了！"

奇夫又从席尔梅斯一行人愤怒的剑锋下逃掉了。席尔梅斯一多半的部下都被地震造成的裂缝吞噬了，但其余人仍然集中成一队对奇夫穷追不舍。这一刻，查迪干劲十足，席尔梅斯却不知为何有些泄气，不是很有心情追赶奇夫了。即便如此，他们还是作势追赶了长达二法尔桑（约十公里）的距离，抵达了迪马邦特山的东方。此时，他们遥遥望到几乎布满整个平原的熠熠铠甲正在大举南下。军旗林立，仅是骑兵便有数万名。帕尔斯人们不禁大为愕然。

"喂，看来你们没时间追我了，快赶回王都向鲁西达尼亚军报告吧！"

奇夫其人实在是精明，他反手便用自己的惊愕威胁查迪等人。查迪原本已经逼近奇夫身畔，正欲手起剑落，一时之间也发不出声音了。

仿佛将三角形纵向并列的军旗上绘制着太阳图案——那正是

"草原霸者"特兰的军旗。国王特克特米休率领的特兰本军正径直赶往培沙华尔城。

而这一天撼动了迪马邦特山的异样地震，也正是使身居培沙华尔城的帕尔斯军和特兰军同时大吃一惊的那场地震。

奇夫丢下惊慌失措的查迪一行人，一边避开特兰军，一边加快速度策马狂奔。

"虽然我很欢迎事情多一点，但是一口气发生这么多事也未免有点措手不及。在我看不到的地方发生任何好玩的事，和我又有什么关系呢？"

话说回来，王太子亚尔斯兰似乎是个与平稳无波的人生毫无缘分的少年。这名十四岁少年甚至远征至辛德拉王国境内，历尽千辛万险，终于拉起一支大军准备夺还王都。而正在此时，与帕尔斯世代为敌的特兰又率兵侵来。

奇夫认为应该先回亚尔斯兰身边一趟。王太子身边虽然跟着达龙、那尔撒斯、奇斯瓦特，以及最重要的还有法兰吉丝——有什么事交给他们去处理就好了，但他仍然想向王太子报告在魔山发生过的事件。况且他也想见到法兰吉丝。尤其最重要的是，他不想再这样无聊下去了！

有了足够的理由，奇夫便开始策马疾驰，寻找王太子和他率领的部队。

而与此同时，银面具席尔梅斯一行人也匆匆向西方拨转了马头。

"多事之秋啊。"

连席尔梅斯都不由得感叹起来。自从他年少时带着一脸烧伤逃出熊熊烈焰，为保住性命和王家正统血脉逃离祖国，他的人生就一直充满了艰难和危险。即便如此，他也终于将篡位者安德拉寇拉斯丢进监狱，成功复仇，一步步走近了正统王位。他能做到这一切的前提都是帕尔斯、鲁西达尼亚两国之间的关系，现在特兰却凭空插了进来。这完全在席尔梅斯的计算之外。想将自己的巨大构想付诸实施的人总是容易忘记，其他人也在与自己毫无关系的地方各怀鬼胎。

既然说到毫无关系，也有一群人与席尔梅斯、奇夫的行动毫无关系，却在迪马邦特山吃了巨大的苦头——他们就是前来调查银假面行动的那一队鲁西达尼亚骑兵。这些侵入迪马邦特山的鲁西达尼亚人之中，只有一名骑士和一名随从活着回到了王都，可谓命悬一线。其他人也并非命丧敌兵之手，而是不幸遭遇了超越人类认知的存在，永远无法再回到祖国了。

勉强捡回一条性命的欧拉贝利亚连滚带爬逃出了迪马邦特山。他没能参与奇夫和查迪等人的追逐战，因此也无缘得知特兰军来袭的消息。

闲话休提。欧拉贝利亚此番乃是领了吉斯卡尔的密令前来，现在知悉密令内容的生还者唯有欧拉贝利亚一人。当然吉斯卡尔也依然健在，并且知道自己下过的命令，但他目前正处于无法接受欧拉贝利亚报告的状态——因为他已经被从地牢里逃出生天的安德拉寇拉斯王捉拿起来了。

于是，倒霉的欧拉贝利亚找不到人讲述他那罕有的奇妙经历，只是在王都一天天虚度时日。这无论对于欧拉贝利亚本人，还是对于鲁西达尼亚而言，都是一件不幸的事。

可是，这一切都还要等到很久很久以后才会被人知晓。

V

欧拉贝利亚深信与自己同行的骑士们已经全部在地震中死于非命了，但事实上仍有一名骑士连人带马一同陷入地下却幸免于难。

骑士名叫冬·里加路德，此前看到奇夫单枪匹马与席尔梅斯一行人对峙时，脱口而出"这不是仗势欺人吗？"的便是此人。凯·霍斯洛的陵墓一带地面上裂开巨大缝隙时，他没能避过，从缝隙跌落了下去。

马儿摔断颈骨死掉了，但多亏它的身体吸收了坠落的冲击，冬·里加路德免于一死，只受了几处撞伤。土块和小石子仿佛雨点般砸下，他一时间失去了意识。当他悠悠然苏醒时，地震已经平息了。他掸了掸身上的土和砂石抬头仰望，看到一丝微弱的阳光透进了地底。也考虑过爬回地面，怎奈他所在的位置距离地面足足有五层楼高。

"神也会做这样有头无尾的事啊。都救我一命了，为何不索性帮我到底呢。"

信仰虔诚的鲁西达尼亚骑士不禁抱怨，又慌忙合掌祈求神明的宽恕。虽然落到地底，但他实在不想堕入地狱。只要活着就总有机会爬回地面，可是倘若因为信仰不诚而落入地狱的话，灵魂就永远都不会得到救赎了。死后的日子要远比现在更加漫长呢。

"依亚尔达波特神啊，请宽恕我的软弱吧，我若能逃出这座地下牢狱，定会为神之荣光竭尽我微薄之力。"

冬·里加路德恭恭敬敬地立下誓言时，突然感到一阵风拂上自己的颈侧。这阵风并不是从上方，而是从侧面吹来的。骑士心中一惊，瞪大眼睛凝视着眼前的一片黑暗。有风会从侧面水平吹来，不就说明这条地底的裂缝还与某处相连通吗。

冬·里加路德伸手在地缝中摸索着，指尖和手掌上传来土和石子的触感。他追寻着风向，在层层叠叠的土和石块之间发现了一个小小的缝隙。鲁西达尼亚骑士欣喜地大叫着，取出带着鞘的短剑挖起土来。不知挖了多久，土石堆积而成的墙壁渐渐裂开，出现了一个足以供一个人从中穿过的洞口。

洞口内部是一个巨大的空洞，洞里一片漆黑，伸手不见五指。冬·里加路德简短地向神明祈求了加护，便迈步踏进了这个深不见底的洞中。

冬·里加路德并不知晓在帕尔斯人尽皆知的关于蛇王撒哈克的传说。不仅是他，欧拉贝利亚也不知道，鲁西达尼亚人几乎没有一个人知道。正如已经逃亡的大主教波坦说的，异教徒的文化根本没有留在人世间的价值。

不承认世上存在与自己不同的文化才是野蛮人的证明吧。鲁西达尼亚人一向把毁灭别国的宗教、文化当作冠冕堂皇进行侵略和征服的借口。他们去征服其他国家并非出于贪图对方的领土或财宝，完全是为了弘扬依亚尔达波特神的圣名，在全世界传播所谓正确的信仰。他们灭亡别国的文化，将当地的神明贬为悖逆唯一绝对神的恶魔，强制所有人信奉依亚尔达波特教。

而王弟吉斯卡尔公爵则完全明白漂亮话与事实之间的差异，也懂得要在别国维持长期统治，将其彻底征服，就必须对当地的文化和社会风俗睁一只眼闭一只眼的道理。因此，他总是与大主教波坦争执不休。而当波坦感到情况不妙逃离帕尔斯之后，帕尔斯就完全是吉斯卡尔的天下了——原本应当是这样，怎奈吉斯卡尔很快就与帕尔斯国王安德拉寇拉斯三世处境完全对调，沦为了阶下囚，也不知他与仍徘徊在地下的冬·里加路德谁更加不幸了。

地面上这情况暂且按下不表，先说冬·里加路德一步步走向地下奇异空洞的深处。冬·里加路德的确是一名勇敢的骑士，但此时此刻，只能说幸好他无知无畏。如果换作一名帕尔斯骑士，就算与他同样勇敢，只怕一想起蛇王撒哈克的传说就害怕得动弹不得吧。

未曾听闻蛇王撒哈克大名的鲁西达尼亚骑士不断在地下前

行。无论如何，毕竟是独自一人走在这种阴森森的地方，为了让自己鼓起勇气，他用鲁西达尼亚语放声唱起了歌。冬·里加路德是一位英勇过人的骑士，但作为一个歌手，他唯一的优点只有声音洪亮。

他原本就不会唱太多歌，没过多久地下洞窟中就恢复了安静。蓦地，冬·里加路德环视着四周的黑暗，抬手搭上剑柄。他似乎感到有什么盘绕在黑暗深处。

"谁？是谁在那里？"

冬·里加路德反复问了好几遍，突然意识到某个事实，咂了咂舌——在这片异国的土地上用鲁西达尼亚喊话，对方是不可能听得懂的。他搜肠刮肚拼命忆起一些蹩脚的帕尔斯语，再次提高了声音。

待到回声散去后，洞窟中便仅余无尽的沉默。但这片沉默已经不再是一片虚无了，冬·里加路德感知到一种暗黑的意识，背脊不禁一阵冰凉。

这个洞窟说不定直接通向地狱，冬·里加路德心想。这虽然是依亚尔达波特教徒的偏见，但几乎就是事实。更准确来说，应该是鲁西达尼亚人侵入了帕尔斯人的地狱吧。无论怎么说，冬·里加路德现在可谓是生生闯进了地狱或是地狱的别院。

"应、应该赞颂神之圣名吧。邪恶不足为惧，以神之圣名即可击退。真正可怕的是无法击退邪恶的软弱……嗯……"

冬·里加路德想不起来教典中那些艰涩的词句，支支吾吾了起来。在这么深的地下，空气却依然流动着，暖洋洋的微风用它看不见的触手抚摸着骑士周身上下。片刻过后，冬·里加路德的脚似乎碰到了什么东西。它坚硬而光滑，略微有些像岩石，但那种光滑和直线感又像是由人工制成的。

那是一块巨大的石板，厚度大约到冬·里加路德的膝盖，长度和宽度则几乎有一个房间那么大。

在某个巨大的房间中，大约曾经关着什么巨大的生物吧。而那个生物或许已经推倒石板逃到别的地方去了。抑或是依然隐藏在附近，等待着猎物闯入这个地下迷宫呢。骑士的肌肤上渗出了冰冷的汗水。

咻咻。咻咻。异样的声响回荡在空中，仿佛卷紧的布被猛然松开一般。它还像另一种声音。冬·里加路德曾在祖国鲁西达尼亚的荒野中听到过毒蛇吐着信子的声音。他感到自己的心脏和舌头几乎要冻僵了——这片地下莫非有着毒蛇的巢窟？

应该立刻回去。冬·里加路德心里这样想，却停不下前进的脚步。支撑着他这样做的并不是心中的勇气，而是另一种冲动。他左手搭上剑柄，小心翼翼地不让铠甲发出声响，他意识到自己体内的心跳声仿佛铜锣般洪亮。他想，自己正要去面对过去任何一名鲁西达尼亚人未经历过的事态。正在此刻，另一种声音传到他的耳畔。那是粗铁链哗啦啦的响声。

黑暗的一部分明亮了起来。那是一种仿佛在涂黑的墙壁上再次涂上了一部分黄白色颜料般不自然的光亮。铁链的响声就是从那附近传来的，冬·里加路德花了相当大的力气走近那里。当他终于走到岩石阴影处时，才发现那块黄白色的东西是岩盘，在某种光源照射之下，有什么东西在岩盘上投下了影子。

那是一个巨人的影子，一个投在黄白色岩盘上的巨大人影，头部的轮廓是奇异的四角形，看上去似乎包裹着头巾。然而，另一幅景象却吸引了冬·里加路德的注意。那究竟是什么呢？

那个人颈部的左右长出了某种又粗又长的东西，并且还在不断摇曳。不，它们不是在摇曳，而是在凭自己的意识蠕动。那状似植物茎秆的东西原来是动物。一种没有四肢的，可怖的动物。在依亚尔达波特教中被视作恶魔的象征的不祥的动物。是蛇。人类的双肩上长出了活生生的蛇。连依亚尔达波特教的教典中都没有记载过这种怪异的动物。冬·里加路德跟跟跄跄地靠上一块岩石，脚踢到小石子发出了声响。蛇停了下来，不再动弹了。这一瞬间仿若持续到了永恒。随即，双肩上长着蛇的巨人站起身来，吹来一股凄厉的瘴气。

冬·里加路德的理智和勇气都被抛到了脑后，他甚至没有意识到自己惨叫了起来。他背对着巨人，连滚带爬地想要逃出那仿佛永无止境的黑暗。

当冬·里加路德的意识从空白中恢复时，他发现自己已经回到地面上来了。他倒在断崖下方一片布满小石子的空地上，面前便是溪流。他手背擦伤了，衣服也撕破了几处，手指甲都剥落了，鲜血直流。佩剑也找不到了，铠甲也似乎为逃命脱下来之后就不知丢到了何处。他连回忆自己到底是怎样逃出那座地下牢狱的力气都没有了，能感觉到的就只有疲劳与恐怖，以及喉间难耐的干渴。

冬·里加路德踉踉跄跄地迈出脚步，走向小河。他一屁股坐在岸边，把脸凑近水面想喝些水。月光静静洒落下来，河水仿若一面明镜，映出了鲁西达尼亚骑士的脸。冬·里加路德呆呆地盯着自己的脸，抚摸着自己的胡须，随即揪着自己的头发低声惨叫起来。他明明才满三十岁，却已经须发尽白。

第三章　两种逃脱

I

美丽的叶克巴达那

大陆上的芬芳鲜花啊

望着你的微笑便会忘记尘世间的痛苦

众人仿若蜜蜂，纷纷群聚而来

（四行诗大全一〇二九　作者不详）

不仅是帕尔斯诗人，来自诸多国家的诗人都不断吟诵着王都叶克巴达那的繁华。正如人们发明了"醉叶克巴达那"一词来描述这种盛况，许多人在旅途中放弃了行程，就此定居，直至终老。各式各样的文化和物资从大陆的东西两方纷至沓来，茶叶、美酒、纸张、羊毛、丝绸、珍珠、黄金、棉麻……来自四十余国的商品络绎不绝地流通在这些国家的商人之间。而待到交易结束，人们便饮酒、歌唱、舞蹈、恋爱，不分昼夜地讴歌着人生。

诚然，帕尔斯这个国家本身尚有若干矛盾和不足之处，但整体的富饶美丽掩盖了这些不足。无论是宫中的阴谋诡计、权力斗争，还是奴隶制度，都不是帕尔斯一国所特有的，在任何其他国家都一样。平民们虽然颇有怨言，但也享有一定程度的富裕和自由。

　　直到帕尔斯历三二〇年的秋天为止，叶克巴达那都是这样一座美丽而富饶的城市。然而，自从本应无人能敌的帕尔斯骑兵队溃败于亚特罗帕提尼平原以来，叶克巴达那这座城市便仿佛被久久地囚禁在了荒凉的严冬之中。闯进城里的鲁西达尼亚军烧毁了帕尔斯人们的房屋，将财物和粮食洗劫一空。他们残杀城中的男人，恣意掳掠女人。鲁西达尼亚人没有卫生观念，也不懂城市规划，他们在王宫的走廊上、房间的地面上随心所欲地小便，喝醉便随地呕吐，将整座城市弄得污秽不堪。

　　然而，鲁西达尼亚人的傲慢也仅仅维持了半年，就遭到了沉重的打击。

　　自从亚特罗帕提尼战败后一直被囚禁在地牢中遭受拷问的帕尔斯国王安德拉寇拉斯三世越狱了。倘若安德拉寇拉斯只是越狱还好，怎奈他还挟持了一个人质——人质并非他人，正是鲁西达尼亚王弟吉斯卡尔。吉斯卡尔可谓是鲁西达尼亚一国的支柱，其实力与声望远远胜过无能的王兄伊诺肯迪斯七世。鲁西达尼亚人们突然失去了吉斯卡尔，不禁仓皇失措。

　　纵使安德拉寇拉斯豪勇冠绝天下，但他毕竟需要只凭一己之力与鲁西达尼亚军相抗衡。既然他无法单枪匹马杀尽鲁西达尼亚全军，那么吉斯卡尔对他来说就是一名不可或缺的人质，定然不会轻易将其杀害。

而这就是鲁西达尼亚人仅存的一线希望。

离开鲁西达尼亚，走过漫漫长路，流了大量无谓的鲜血，终于将两个大国——马尔亚姆和帕尔斯纳入了自己的统治之下。无论一路上给其他国家带来了多少麻烦，对于鲁西达尼亚人自己来说，这是一条从苦难出发的光荣之路。事到如今已然无法止步不前，折返故国更是绝无可能了。如果不将帕尔斯这么富裕的国家吃干抹净，总有一天被吃干抹净的会变成自己。为了避免这种可能性，无论如何他们也必须救出吉斯卡尔。

而对伊诺肯迪斯七世本人来说，任何难题都能帮自己干脆利落解决的弟弟吉斯卡尔也是不可或缺的宝贵存在。从小，只要他口中"真伤脑筋，真伤脑筋"地念念有词，弟弟就会帮他把问题解决掉。就算边处理边咂舌、唉声叹气或是出言挖苦，也还是会帮哥哥把做不到的事情处理掉。

倘若没有吉斯卡尔的领导力和问题解决能力，恐怕鲁西达尼亚无论多久都只是一个位于大陆西北边境的贫穷国家吧。手握实权的朝臣和武将们都对此心知肚明，没有人想对吉斯卡尔见死不救，企图趁机独掌大权。

应该不会有人这样想。

当蒙菲拉特和波德旺两位将军从王弟手中接过兵权，正紧锣密鼓地筹备与帕尔斯王太子亚尔斯兰所率的大军决战时，这个困难突然横在了他们面前。在与城外敌人交战之前，他们首先要解决掉城内的敌人。

"一定要救出王弟殿下，否则鲁西达尼亚就会像泥砌的房子一样被大雨冲垮在异国他乡。就算豁出命去，我们也必须先把殿下从安德拉寇拉斯手中救回来。"

蒙菲拉特表明了自己的决心，波德旺也点头赞同。他们派出大军包围了躲在宫中某个房间里的帕尔斯国王安德拉寇拉斯和王妃泰巴美奈，不过接下来可就没这么简单了。

倘若城内安德拉寇拉斯未除，城外再遭帕尔斯军进攻，又该如何是好？想到这里，蒙菲拉特和波德旺不由得不寒而栗——只怕鲁西达尼亚军就要凄惨地全军覆没在远离祖国的异乡了吧。而迄今为止积累下来的艰辛和荣耀也会如同泥砌的房子般崩塌。蒙菲拉特方才的比喻完全不是夸张。

总而言之，有两个选项摆在众人面前。抛弃沦为人质的王弟殿下，或者下定决心将其救回。

如果选择前者，这件事就变得非常简单了。再强调一遍，无论安德拉寇拉斯多么勇猛，他都不可能单枪匹马杀尽鲁西达尼亚的三十万大军。然而鲁西达尼亚人是绝不会选择这条路的。于是事态就这样胶着不下，鲁西达尼亚人的思绪也在死胡同里永无止境地兜起了圈子。

这种紧要关头，身为王兄的伊诺肯迪斯七世本应毅然挺身而出，担起指挥众人解救胞弟的责任。怎奈迷信的国王从早到晚只知躲在房间里向神祈祷，根本提不出任何具体应对方案。蒙菲拉特和波德旺早已放弃这样的国王了，因此他们也完全没有注意到一名身穿深灰色衣服的男子像影子一样溜进了国王的房间。焦躁不安的波德旺忍不住朝蒙菲拉特低声抱怨道：

"神到底在做什么？难道依亚尔达波特神就眼睁睁地看着虔诚的鲁西达尼亚人遭遇危难，依然袖手旁观吗？"

在鲁西达尼亚人的观念之中，这样的疑问是被禁止的。然而一旦想到吉斯卡尔所遭受的苦难和自己的束手无策，也难免想对神圣不可侵犯的神明发些"牢骚"了。

被俘后已经过去多少天了？吉斯卡尔渐渐失去了时间观念。他原本身为一个风流倜傥的壮年贵族，无论在宫中贵妇还是平民少女之中都备受追捧，现在却落得个锁链加身，被狠狠掼在地上的境地。

整个王宫都落入了鲁西达尼亚军手里，而这个面朝中庭、四面走廊环绕的房间却被安德拉寇拉斯所控制着。说得刻薄些，这个房间就像一个小小的帕尔斯王宫漂浮在鲁西达尼亚人海之中。

尽管身体与心灵上都疲劳痛苦难耐，但吉斯卡尔依然不允许自己停止思考。就这样被安德拉寇拉斯所杀，死后恐怕也要被钉在耻辱柱上了。人们会忘记他曾征服了帕尔斯、马尔亚姆两个大国，立下了鲁西达尼亚建国以来最伟大的功绩，只将他的恶评长存于历史之中。而吉斯卡尔是无法忍受这种结局的。

蒙菲拉特和波德旺定然也在绞尽脑汁苦苦思索如何解救王弟，但被囚的当事人可没办法把自己的死活完全托付给他们，自顾自悠闲度日。

难道安德拉寇拉斯就没有任何破绽吗？吉斯卡尔细细观察起这个将自己生擒的男人，恢复了自由的帕尔斯国王看上去就像花岗岩筑成的石塔一般强而有力，毫无破绽。即便如此，吉斯卡尔也没有放弃。再用各种方式试探一下吧。

"请告诉我，今天是哪一天？"

"知道也没有意义吧，鲁西达尼亚的王弟啊！"

安德拉寇拉斯的回答简短而无情，就像以最大努力不和吉斯卡尔说话一样。万一这么重要的人质死掉了也是一件头疼的事，因此安德拉寇拉斯给了吉斯卡尔食物和饮水，但吉斯卡尔被铁链锁住行动不便，只能像狗一样直接伸头去吃或吸吮。这实在是极端的屈辱。然而，不摄入食物便无法补充体力，逃脱的机会就更渺茫了。吉斯卡尔一边心想着"总有一天等着瞧吧！"，一边照常吃喝，与此同时也没有停下思索。

话说回来，那些话又是什么意思呢。吉斯卡尔忍不住在脑海中反刍着。他被剥夺了肉体上的自由，生命也遭到威胁，而他最介怀的却是之前王妃泰巴美奈朝丈夫安德拉寇拉斯喊出的话。

"把我的孩子还给我！"

若是说到王妃泰巴美奈的孩子，应该就是王太子亚尔斯兰。而王妃要安德拉寇拉斯把他还给自己这句话，背后又究竟隐藏着什么内情呢？是说国王夫妻除亚尔斯兰之外还有其他的孩子，而这个孩子在父王的命令下被带走了吗？吉斯卡尔百思不得其解。即便如此，他依然执着地继续思考着，因为他认为思考乃是身为人类的证明。

　　突然间，另一件事又闪过吉斯卡尔的脑海，那就是银面具曾向他挑明自己的真实身份——正是他前往地牢与安德拉寇拉斯谈论此事时，安德拉寇拉斯才扯断锁链重获自由的。吉斯卡尔双眼一亮，将语调放得更加客气，问向帕尔斯国王：

　　"您听说过席尔梅斯这个名字吗，安德拉寇拉斯王？"

　　听闻吉斯卡尔此言，安德拉寇拉斯王的一身铠甲似乎微微有些颤动。吉斯卡尔想看一眼王妃泰巴美奈作何反应，但安德拉寇拉斯全副披挂的高大身躯遮住了他的视线，使他完全看不到王妃。

　　安德拉寇拉斯很难得地坐在椅子上没有动，仔细打量着吉斯卡尔。吉斯卡尔也依然倒在地上，勉强抬起视线与之对抗。

　　"席尔梅斯是我的侄子，他一直认定是我杀死了王兄，篡夺了王位。但他现在已经死了——我应该这样回答过你。"

　　"这是事实吗？"

　　"你是指什么？"

　　安德拉寇拉斯故意反问道。他听懂了吉斯卡尔的言外之意，却傲慢地佯装不知。

"你杀死了你的王兄，这是事实吗？"

安德拉寇拉斯竭尽全力装出一副若无其事的样子，声音却微微地走了调。他将目光投向远方。

"还活着的人没有必要知道。"

过了片刻，他才冷冷地答道。这一刻，仿若雕像般端坐着的王妃泰巴美奈似乎隔着面纱看了一眼自己的丈夫，但她终究还是一言未发。

"席尔梅斯不知道真相。那个人比起事实，更宁愿相信自己在心中描绘出的想象图。话说回来，你们国王似乎也是这样吧。"

被一针见血戳中痛处，吉斯卡尔无言以对。安德拉寇拉斯的确是在有意扯开话题，倘若吉斯卡尔站在与其对等的立场，想必会追问得更加犀利吧。

但吉斯卡尔决定放弃了。就算再继续追问下去，也只会徒然招致安德拉寇拉斯的不快。

双方心中都对人质的关键性一清二楚，绝不能轻易杀之而后快。只是——

"就算失去一只耳朵，作为人质的价值也是不会改变的。还是说换成手指比较好呢？"

事态持续胶着了一段时间之后，安德拉寇拉斯低声狞笑着把剑锋抵上吉斯卡尔的一侧耳朵。虽然他只是威胁，并没有实际付诸行动，但这也已经足以让吉斯卡尔心惊肉跳了。自此以后，吉斯卡尔就不再对自己的立场持乐观态度了。

II

这一次轮到安德拉寇拉斯开口了。

"对了，鲁西达尼亚的王弟啊，我也有话想问你。"

"……你想问什么？"

"我那些可靠的同伴怎么样了？"

"你是说帕尔斯军？"

"没错。幸存的帕尔斯军将士应该还有十万人以上，我想知道他们现在的情况。"

"他们……"

"看你这么支支吾吾，他们是不是已经逼近王都城下了？"

安德拉寇拉斯把视线转向部下们。就在几天前，他们还是在地牢里折磨安德拉寇拉斯的拷问官，可是安德拉寇拉斯一旦恢复自由，地位就是天壤之别了。现在，他们已经成了默默依照安德拉寇拉斯命令行事的血肉傀儡。

毕竟这些人原本不是战士，而是狱卒。被铁链绑住动弹不得的吉斯卡尔看到他们的眼神，不禁毛骨悚然。对他们来说，吉斯卡尔那健康又充满阳刚之气的身体一定很有折磨的价值。

安德拉寇拉斯不知是否看透了吉斯卡尔的心思。

"那个叫什么依亚尔达波特的神说不定真的很伟大吧，竟让那样的国王征服了帕尔斯。"

他略微变了变表情，凝视着吉斯卡尔。悬挂在他腰间的巨剑铮铮作响，令人不禁背脊发冷。

"所以，帕尔斯军怎么样了？鲁西达尼亚的王弟，你还没有回答我的问题呢。"

"他们从培沙华尔城出发，正沿着大陆公路向西进军。"

吉斯卡尔答道。此刻隐瞒也没有意义。同时，他还告诉安德拉寇拉斯，帕尔斯军攻下了原本属于鲁西达尼亚的两座城池。言语之间，一个念头在他的脑海中急遽膨胀起来——倘若换作王兄，一定会说这是依亚尔达波特神的谕示吧？吉斯卡尔从安德拉寇拉斯微妙的反应中看出，他并没有直率地为王太子亚尔斯兰立下的战功感到高兴。吉斯卡尔确信这个事实能够为己所用。

这边暂且按下不表。再说鲁西达尼亚军阵中，为打破困境，波德旺心生一计。

"安德拉寇拉斯什么时候睡觉呢？如果趁他熟睡时发动突袭，不就能救出王弟殿下了吗？"

这个提议的确最为可行。鲁西达尼亚军忌惮的唯有安德拉寇拉斯的豪勇，其他人根本不值一提。若是趁安德拉寇拉斯熟睡时袭击，不就能一举解决整个问题了吗？

"闯进去杀掉安德拉寇拉斯，顺便一拥而上把那个来历不明的妖女泰巴美奈什么的也一起除掉。国王陛下恐怕会大发雷霆，可是只要不知是谁下的手，他也没办法惩罚我们。"

波德旺不顾蒙菲拉特的慎重主张，颇有武断作风地甩下这番话。蒙菲拉特一时想不出更好的替代方案，最后也赞同了波德旺的意见，只是提出了"切勿勉强行事，重点在于救出吉斯卡尔公爵，而不是杀死安德拉寇拉斯"的条件。自不必说，波德旺原本也是这样打算的。

行动时间就定在黎明降临那一刻。之所以没有选在深夜而选在这个时刻，也是有充分理由的——安德拉寇拉斯恐怕也能预料到，敌人可能会趁深夜前来袭击。而如果一整夜都被迫不眠不休绷紧神经的话，天一亮肯定会松懈下来。

于是，被精挑细选出的骑士们全副武装，随着清晨第一缕阳光一同闯进了安德拉寇拉斯占领的房间。

"受死吧，邪教徒之王！"

领头的骑士挥舞着长剑冲了进去。

安德拉寇拉斯的回答无声无息，面上也毫无睡眼惺忪之态。只见空中水平掠过一道剑光。

鲁西达尼亚骑士的首级随着四溅的鲜血滚落在石板地面上，失去了头颅的身体血如泉涌，却依旧直立在原地，又过了片刻才发出沉重的声音倒在地上。

这一剑拉开了激烈战斗的序幕。原本这应当是一场单方面的杀戮。拔剑冲进房间的鲁西达尼亚骑士多达四十人，应战的帕尔斯人却不到十人——不，严格说来只有一个人。这个帕尔斯人被手举利刃的敌人团团围住，眼见就要命丧乱刀之下。

事实却并未演变至此。自亚特罗帕提尼一役以来第一次将铠甲裹上高大身躯的安德拉寇拉斯王，将没能在亚特罗帕提尼发挥出的勇猛在王宫中尽情发挥出来了。

第二名骑士勉勉强强接住了国王破空斩下的巨剑。随着剑锋鸣响，死之呻吟一同响起。安德拉寇拉斯一剑劈断了鲁西达尼亚骑士的剑身，势头依旧未减，径直斩上对方的后颈。

当这名骑士喷着鲜血倒在地板上时，下一个牺牲者也早已在安德拉寇拉斯的巨剑下身首异处，飞向相反的方向。安德拉寇拉斯无论力量、剑术还是气势都强烈至极。只见室内血肉横飞，首级四处翻滚，这些鲁西达尼亚骑士本非孱弱之辈，却宛若草芥般被接二连三斩杀。鲁西达尼亚人清楚地领教到，安德拉寇拉斯并不仅是作为国王君临帕尔斯军之上，而完全是以实力统率帕尔斯全军的。血腥气弥漫在房间的每一个角落，鲁西达尼亚军连滚带爬地从门口拥向走廊，彻底死心放弃了这个计划。

"失败了吗……"

波德旺仰天长叹。白白牺牲了这么多条人命，却没能杀死安德拉寇拉斯，也没能救出吉斯卡尔。

幸存的鲁西达尼亚骑士们从门口夺路而逃，但他们之中没有任何人能免于负伤挂彩。失败和屈辱随着鲜血一起从这些倒霉的骑士身上的伤口涌出，而明白这一点的波德旺和蒙菲拉特也没有心情立刻再次发起进攻了。两名将军第无数次沮丧地相视无言。

"实在是太强悍了，简直不像人类。"

波德旺连不肯服输的力气都没有了，只是抬起手背擦拭着额头上浮出的冷汗。

"居然在亚特罗帕提尼打赢了那种家伙。我甚至要觉得这一切都只是一场梦了。"

"还真说不定。"

蒙菲拉特语气颇为深沉严肃。事实上，他也觉得灭掉马尔亚姆，征服帕尔斯，双手染满鲜血，将琳琅满目的财宝收入囊中——或许都只是一场梦，包括王弟吉斯卡尔的被俘。一切都只是黄粱一梦，睁眼醒来就会发现自己依旧躺在鲁西达尼亚粗陋昏暗的王宫中，不是吗？

蒙菲拉特陷入了阴郁的想象中难以自拔。正在此时，他听到有人一路小跑过来。那脚步声不是骑士的军靴，而是柔软的布鞋。蒙菲拉特和波德旺应声转头望去，只见国王伊诺肯迪斯七世身边的一名小个子侍从出现在了二人眼前。

"国王陛下他……"

蒙菲拉特、波德旺二人甫一听到主语，脑海中便浮现了身为臣下所不应想象的画面——那个没用的国王伊诺肯迪斯七世大概是昏厥或是猝死了吧？然而，侍从接在主语之后所说的话，却远远超出了二人的想象。

"下令备好铠甲。"

"……是谁要穿铠甲？"

"国王陛下要穿。"

蒙菲拉特听到了这句话，却没能立刻理解它的含义。他仿佛听到了来自异世界的声音一般，回望着侍从。

"陛下打算穿铠甲去做什么？"

他觉得自己也发出了不像来自这个世界的声音，而他得到的答复则离现实更加遥远了。

"陛下准备去找那个粗鲁又目中无人的安德拉寇拉斯单挑。此外，他命我们将此事告知安德拉寇拉斯。"

"单挑……"

蒙菲拉特感到一阵晕眩。

伊诺肯迪斯七世体格虽好，体力却十分孱弱，根本不可能身披铠甲与敌人交手——岂止交手，恐怕穿上铠甲他就要连一步都走不动了。他姑且算是学过剑术招式，却从未有过实战经验。这样的他是绝无可能与安德拉寇拉斯的豪勇相抗的。只怕帕尔斯国王轻轻翻一下手腕，鲁西达尼亚国王的头颅就要和身体分家了，根本都不需要决斗。他们必须阻止愚蠢国王的这个愚蠢念头。

蒙菲拉特奔向国王的卧室。雕刻着帕尔斯式花草纹样的大门敞开着，侍从们在门前困惑地面面相觑。室内不断传出响亮刺耳的金属撞击声。蒙菲拉特慌忙冲进室内，映入他眼帘的是在侍从们帮助下套上了一身银灰色铠甲的伊诺肯迪斯王。

　　"喔，是蒙菲拉特吗？别担心，就算吉斯卡尔不在了也还有我。鲁西达尼亚会平安无事的。"

　　"陛下……"

　　蒙菲拉特呻吟了一声。难道您觉得不靠吉斯卡尔公爵只凭您自己也能治理好这个国家吗？蒙菲拉特努力克制住了自己想这样说的冲动。

　　突然，他心中某处微微蠕动了一下。随他去吧。怎么拦都拦不住的话，也只好随他去了。他想被安德拉寇拉斯斩于剑下，就让他去送死不是也很好吗？就算最后真的变成那样，也没有一个鲁西达尼亚人会感到伤脑筋的。

　　一阵低低的笑声传来。伊诺肯迪斯王直视着蒙菲拉特，撇了撇嘴。

　　"我知道。你们把吉斯卡尔看得比我更重要。"

　　仿佛一盆冰块顺着蒙菲拉特的脊背滑下。他掩饰起自己愈发急促的心跳，再次看向国王。伊诺肯迪斯七世苍白的脸上浮现出两个奇异的光点。他双眼通红，目光炯炯。蒙菲拉特张口结舌说不出话来。他还是第一次看到国王如此世俗又对权力充满如此浓烈渴望的双眼。

"可是，国王是我啊。被神授予权力统治世间的人是我。吉斯卡尔虽是我的弟弟，但也只是一介臣下。这神与世人皆知的事实，却已经被许多人遗忘了，实在是可悲，蒙菲拉特。"

蒙菲拉特哑口无言了。

细细想来，国王这次会有如此反应也毫不稀奇。

正常来说，拥有吉斯卡尔这么能干又有实力的胞弟，身为兄长兼国王难免会产生嫉妒猜疑之情吧，会因弟弟立下战功眼红，看到弟弟在宫中扩张个人势力也会心生不快，会担心"这家伙该不会想赶走哥哥，自己称王吧？"，于是索性决定先下手为强，除掉弟弟。

正常情况下，王族之间就是这样的关系。在对权力的欲望面前，骨肉亲情比春塘薄冰还要不堪一击。

可是为什么在这一天之前，鲁西达尼亚的国王与王弟却没有演变成这种关系呢？这一半是因为吉斯卡尔的明智，但更多则是由于伊诺肯迪斯王的作风也算不上正常。他丝毫不怀疑胞弟对自己的忠诚，将治国理政的实权完全交付于他，自己则终日向神祈祷。

然而，没有任何前兆，他突然就变得正常了。迄今为止，伊诺肯迪斯七世只称赞过吉斯卡尔，一次都没有咒骂过他，最多只会唠叨几句"吉斯卡尔每天也要好好礼拜喔"，从来不会嫉妒弟弟的实力。只有这一点朝臣们对他相当认可，纷纷说"罢了，别的姑且不论，不嫉妒就是好事。这样一切就能顺利了，其他无所谓"。

可是，现在伊诺肯迪斯七世说了些什么呢。披盔戴甲、全副武装的国王脱口而出的，全都是对弟弟的憎恶。

"吉斯卡尔身为王弟，却蔑视兄长。身为人臣，却轻视君王。分明有了国王才有他这个王弟，却将这一点忘在脑后，妄自尊大，以为无论在政务上还是军事上都仅凭他一人之力便可挑起重担。现在，你们瞧，不是落得了这种下场吗？"

国王命侍从们运来剑、枪、锤矛等武器，一件件品鉴起来。这时，蒙菲拉特低声问波德旺："究竟是谁把陛下变得这么正常的呢？"

"那能算是正常吗？不，那只不过是和之前相反的另一种不正常吧？"

波德旺愤愤地评论道。他比同僚蒙菲拉特对国王态度更加冷漠而毫无期待，因此无论国王对弟弟怎么想，他都觉得那只是愚蠢的兄长对聪明弟弟的嫉恨之情。这一刻，他甚至想在心中暗暗祈祷安德拉寇拉斯能干掉这个烦人的国王。

Ⅲ

正当王宫内外的鲁西达尼亚军纷纷陷入困惑时，一件离奇的事情在王宫的某个角落里发生了。

一群士兵在走廊上巡逻时发现了一个诡异的人影。他避过了斜斜射下的阳光，贴在墙边上，窥视着安德拉寇拉斯所在的房间。此人全身包裹在接近黑色的深灰色装束中，仿佛融入了阴影之中，唯有清晨的阳光描绘出了他身体的些微轮廓。

"可疑的家伙，什么人！"

五名士兵大叫着冲上前去，却见那人藏在衣服下的双眼亮了一下，身体微微一动。

深灰色衣服在骑士们面前翻起，化作一道幕布遮掩住了即将发生的事情。一转眼，衣服再被拿开时，五名鲁西达尼亚士兵已经一个叠一个地栽倒在地，气绝身亡。仿佛有数百年的时间从他们身上流逝，他们的尸体全都干透了，看上去就像保存不善的羊皮纸卷。

"哼，真是不堪一击……"

男子低声冷笑。

此人名为格治达哈姆，乃是栖身于王都叶克巴达那地下深处的魔道士团之中的一名成员，同时也是希望蛇王撒哈克再度降临的人之一。此时，空气微微动了一下，一个看不见身影的声音对他轻声说道："被人看到了吗？堂堂格治达哈姆居然也会如此疏忽大意。"

"古尔干吗？真是丢人。我越来越好奇接下来会怎样了。"

格治达哈姆嘴唇微动，苍白的脸上浮现起苍白的笑容。

"之前一切都顺利吧？"

"一切全照师尊的吩咐去办了，可是那个懦弱无能的鲁西达尼亚国王真的会像傀儡一样对我们言听计从吗？我心里有点没谱。"

"我们就不必再多嘴了，听从师尊吩咐就好。走，格治达哈姆，回去吧。"

声音断断续续地消失在空气中。格治达哈姆有些留恋地望向环绕着中庭的走廊，随即躲进了墙壁的影子之中。

如今重拾起了身为王者的责任感——似乎这样自以为的伊诺肯迪斯七世一边准备武器，一边下了一道命令：

"给我在安德拉寇拉斯看得见的地方杀帕尔斯人。只要他不弃剑投降，几百几千人也给我一直杀下去。只要他以身为帕尔斯国王为傲，就没办法不应战。"

这是一个骇人的命令，倘若大主教波坦也在场，想必会欣喜若狂。但纵使这是国王的旨意，鲁西达尼亚一众朝臣、将军也无法立刻执行。刚刚占领叶克巴达那时，他们的确屠杀了大量帕尔斯人，可谓烧杀抢掠无恶不作，还认为这是异教徒应得的报应。但现在情况已经不同了。鲁西达尼亚人已经占领了王都整整半年，也将治安恢复到了一定程度。正当各种纷乱逐渐平息之时，若再行杀戮，民心必将动摇。一旦帕尔斯人抱着必死的决心揭竿而起，与城外的帕尔斯军里应外合，只怕后果难料。

归根结底，吉斯卡尔是鲁西达尼亚的支柱，是鲁西达尼亚人自信的根源，所以目前鲁西达尼亚人似乎对一切都失去了自信。

总之在吉斯卡尔公爵平安获救之前，他们不想做什么具有决定性的事。蒙菲拉特和波德旺嘴上应着"是，立即去安排"，实际却拼命拖延时间。而与此同时——

"要单挑了！国王陛下要去单挑安德拉寇拉斯那厮了！"

这个传言犹如爆炸一般迅速扩散开来，鲁西达尼亚将士们都怀疑起了自己的耳朵。当他们总算发现这似乎是事实时，上至将军、下至一兵一卒都蜂拥来到宫中安德拉寇拉斯王所在之处。大家都想看看这场难得一见的好戏。

"像是着魔了。陛下到底怎么了？"

"说不定那才是陛下真正的样子，之前一直都是在装傻吧。"

"说傻有点太过分了。至少也应该，对了，说'鲁钝'吧？"

"摆什么架子。不都差不多吗？"

人们叽叽喳喳地吵嚷着，为能抢到一个好位置推来搡去。

情况演变得如此奇妙。对被俘的吉斯卡尔以及想将他救回的人们而言，事态明明已经严重至极。但就在伊诺肯迪斯七世大声叫出"单挑"的瞬间，一切都被染上了喜剧色彩。

安德拉寇拉斯并未正式允诺单挑的要求。他只是用充满压迫感的目光狠狠瞪着嘈杂喧闹的室外，一步都不离开那关键的人质身边。而吉斯卡尔对目前的情况自然是不得而知的，他光是要遮掩自己的不安就已经竭尽全力了。

照理说来，应该再也没有任何场面比两国国王的单独决斗更严肃而充满仪式性了。然而，现实中正要拉开帷幕的这场决斗，无论再如何美化，看上去也只像是在鲁西达尼亚农村巡回上演的那种廉价喜剧。在蒙菲拉特看来，这简直可以称作一场噩梦。

虽然这个事实令依亚尔达波特教徒极度气愤——但无论怎么看，异教徒的国王身为一名战士，无论力量还是风采都远远胜过鲁西达尼亚国王。当伊诺肯迪斯七世终于整装完毕，出现在走廊上时，鲁西达尼亚的将军们都不得不强忍住狂笑的冲动，而士兵们则压抑不住直接笑出声来。

说真的，世上像伊诺肯迪斯七世这样不适合身披铠甲的男人也实在不多。

只看伊诺肯迪斯王的体格，原本应该会被昂贵的铠甲衬托成一名优秀的骑士才对，但事与愿违，他身披铠甲的样子，只会让人觉得铠甲和本人之间似乎产生了一种相斥之力。

总而言之，伊诺肯迪斯王身披铠甲，腰挂长剑，走上了长廊。鲁西达尼亚军将士们"呜哇"地惊叫起来。这叫声自然不是感叹，几乎是自暴自弃。蒙菲拉特不由得打了一个寒战。过去，鲁西达尼亚人虽然贫穷，却相当朴实。但现在他们学会了利用神的名义入侵别国土地，掠夺财富，虐待平民。他们的心灵并没有被胜利滋养得丰富，反而愈发匮乏。将士们这片粗鲁而病态的吼声，将他们心灵的匮乏表露无遗。

伊诺肯迪斯王生硬地挥起长剑，四周再次响起一片叫声。那是一种对小丑的喝彩。

"实在是看不下去了。"

波德旺低声自语道。

"我们身为战胜的一方，身为征服者，为何要在遥远的异国他乡蒙受这等耻辱呢。难道臣下就该被国王连累一同受辱吗？"

"至少周围几乎没有帕尔斯观众，就是仅有的安慰了。"

"这能算得上安慰吗！"

波德旺低沉地咆哮了一声，眼神中带着真正的憎恶，怒视着自己的国王。伊诺肯迪斯王的视线被斗篷和铠甲遮住，并不知道波德旺在背后狠狠瞪着自己。

伊诺肯迪斯来到弟弟被俘的房间前，凝视着房门。门上绘有抬起前脚的帕尔斯风格狮子图案，狮子双眼中镶着的红宝石闪着深红色的光芒，回瞪向侵略者的国王。

"鲁西达尼亚国王伊诺肯迪斯对帕尔斯国王安德拉寇拉斯有话要说。打开房门应答吧！"

他堂堂正正地宣言，但对室内的安德拉寇拉斯没有起到任何作用——伊诺肯迪斯王说的是鲁西达尼亚语，而安德拉寇拉斯只听得懂帕尔斯语。当然，安德拉寇拉斯没有作答，鲁西达尼亚的骑士们也懒得特意帮他翻译。

发现室内连回声都没有，伊诺肯迪斯王粗鲁地挥舞着长剑，提高了声音。

"这是国王在对另一名国王提出决斗。这不是普通的交手，我不会让你空手而归的。被诅咒的异教徒国王啊，倘若你能打赢我，我们鲁西达尼亚军便将从帕尔斯夺取的财宝全数拱手归还，并撤出帕尔斯。我以唯一绝对神的名义向你立下誓言！"

"怎、怎能如此轻率……"

鲁西达尼亚的朝臣们大惊失色。

若与安德拉寇拉斯单挑，伊诺肯迪斯王绝不可能获胜。那么，鲁西达尼亚军就必须拱手归还全部财宝，并且从帕尔斯撤离。当然他们没有必要遵守对异教徒的承诺，但一旦毁约，他们就要蒙受国王在决斗中落败和出尔反尔的双重耻辱，况且也无法救回吉斯卡尔公爵了。

"国王陛下贵体欠安。快恭送陛下返回寝室！"

情急之下，波德旺大叫起来。已经由不得国王再这样胡闹下去了。骑士们面面相觑了一瞬间——如果国王真的身体欠安，就有理由把他强行架走了。五六名骑士相互交换了一下颜色，一拥而上，反剪住了伊诺肯迪斯王的双手。

"你们这些叛徒，要对国王做什么！"

叫声响起的同时，一道剑光闪过。伊诺肯迪斯王对按住自己的骑士们挥下了剑。

国王的动作颇为缓慢，骑士们也都身穿铠甲，因此国王这一剑只伴着尖锐的声音从其中一名骑士的铠甲表面划过，在他的手背上擦破了一点皮。其他骑士立刻从国王手中夺过剑，朝地上丢去。剑发出了沉闷的响声，滚落在石板地面上。

"快带国王陛下回房。让侍医开些药，帮陛下好好睡上一觉。"

波德旺下令——言外之意乃是命部下强行给国王灌下药物，使他入睡。当骑士们半抱住不断挣扎的国王，正要将他带走时，突然传来了异样的声响。

方才手背被擦破的骑士软倒在了石板上。他的嘴唇已然变成了死灰色，从中发出一阵令人毛骨悚然的呻吟。当呻吟声戛然而止的同时，骑士口中汩汩流出了黑色的血液。他铠甲下的四肢逐渐僵直，随后全身一阵痉挛，便不再动弹了。

众人呆呆地立在原地。蒙菲拉特走到骑士身边探了探他的呼吸，确认他已气绝身亡，便捡起了众人从伊诺肯迪斯王手中夺下的那柄剑。他把脸贴近剑刃，一股刺激性气味扑面而来。原来剑刃上涂着成分为硫化物的毒药。

"这就是陛下自信的根源吗。可是在决斗中使用涂了毒的武器……"

即使对方是异教徒，这样做不是也有悖于骑士道吗？被公认为鲁西达尼亚军中最为高洁的骑士蒙菲拉特不禁心生反感，一时竟呆住了。站在一旁的波德旺说道："帕尔斯原本就不是久留之地。能杀的都杀尽了，能抢的也都抢光了。早知如此，还不如一把火烧掉王都尽快离开，把这里留给帕尔斯人和魔物就好了。都是因为无谓地停留太久了，才落得这种下场！"

听着波德旺这番话，蒙菲拉特感到太阳穴传来一阵钝痛。似乎还没等到和帕尔斯军决战，鲁西达尼亚军就开始逐渐崩溃了，仿佛双脚用泥捏成的巨人像一样……

IV

特兰军入侵帕尔斯东部边境，亚尔斯兰军掉转方向紧急进驻培沙华尔城，席尔梅斯和奇夫则在迪马邦特山从唇枪舌剑到兵戎相向。无论在战略上还是政略上，这都是一个极其重要的时间点。而在如此重要的时刻，鲁西达尼亚军却无法行动——岂止无法行动，他们甚至无法决定行动与否。一旦没有了吉斯卡尔，不仅是伊诺肯迪斯王，整支鲁西达尼亚军什么也做不到。

然而，胶着状态也是存在极限的。在伊诺肯迪斯七世被廷臣们灌下安眠药，丢上奢华的大床后不久，安德拉寇拉斯一方提出了交涉。

"含替换的马匹在内，为我准备骏马十匹，外加一辆六辔马车。此外，承诺在我们离开王都前绝不向我们出手。"

听闻此言，蒙菲拉特心中略感意外。国王精神错乱，鲁西达尼亚军颜面尽失，无论安德拉寇拉斯王开出什么样的条件，他们都没有什么拒绝的余地。或许他会提出以王弟吉斯卡尔的性命换取鲁西达尼亚全军撤出王都这种程度的条件——蒙菲拉特甚至已经做好了由此展开长期谈判的心理准备，没想到交涉却一下就抵达了终点。

"你是说你要主动离开王都？"

"这不是你们鲁西达尼亚军所希望的吗？"

安德拉寇拉斯在敞开的房门中一声嗤笑。他重整了一下表情，用大剑狠狠戳着地面。

"我离开王都，乃是为了率领大军将王都夺回。下次再见的时候，就在马背上堂堂正正地一决胜负吧。"

若是正面交手，你没有取胜的信心吗？他没有把这句话说出口来。但蒙菲拉特已经听懂了敌国国王的言外之意。

"好，我明白了。立即为你备好马和马车。我会下令禁止将士们出手拦阻。不过，你什么时候才能把王弟殿下还给我们？我要一个准确的承诺。"

帕尔斯国王用一个冷酷的微笑回答了蒙菲拉特的要求。

"这个嘛，你只能相信我了，如果你实在不放心的话，我也可以先还你一半。"

"一半是指……？"

蒙菲拉特偏了偏头，以为自己没听懂帕尔斯语。

"把王弟拦腰斩断，先还给你们下半身。怎么样，你接受吗？"

"你，你胡说什么！"

安德拉寇拉斯对瞠目结舌的蒙菲拉特霹雳般大喝道：

"别用你们鲁西达尼亚人之心度他人之腹！帕尔斯的习武之人是靠信义立足于世的。为保证王妃的安全，吉斯卡尔公爵要与我们一同离开王都。但我很快就会释放他，让他回到你们身边。

总有一天公爵和国王的首级都会被我挂在叶克巴达那的城头，但那是在我率领大军击溃你们全军之后。你们可别忘了，王弟的性命还握在我的手里！"

蒙菲拉特觉得自己整个人仿佛掉进了冰窖里。

在安德拉寇拉斯这般王者雄风的威压下，他一时间说不出话来。恐怕就算伊诺肯迪斯王挥起淬毒的利刃，也伤不到安德拉寇拉斯王分毫吧。

蒙菲拉特深深领教到了这个事实。不过征服者居然要对被征服者抱有这等败北感，实在令人震惊。似乎已经无法预料胜负会在何时、以何种形式见得分晓了。

"有那样的国王，鲁西达尼亚廷臣想必每时每刻都相当辛苦吧。实在是同情你们啊。"

安德拉寇拉斯王一句话刺痛了蒙菲拉特的内心。自从他离开祖国踏上漫长的征途，这一路上还从未在外国人面前感到过如此屈辱。蒙菲拉特下意识抬手搭上剑柄，安德拉寇拉斯王却只是看着他，淡淡说道：

"身为一国之君，必须肩负起对整个国家的责任。孱弱和怯懦本身就是一种罪。君王弱小，国家就会灭亡。不，应该这样说，弱小的君王会毁掉自己的国家。不过，现在也不是说这种话的时候。"

蒙菲拉特放下了搭在剑柄上的手。片刻过后，他的脑海中才缓缓浮现出自己被安德拉寇拉斯王一刀斩杀的情景，又出了一身冷汗。就这样，双方达成了和议。

V

安德拉寇拉斯土、泰巴美奈王妃以及六名部下分别乘上了马和马车。一名曾是狱卒的部下坐在马车的驾驶座上，泰巴美奈和被绑着的吉斯卡尔则一同进入了车厢内——准确来说，吉斯卡尔是被扔进去的。被一群壮汉扔在并不宽敞的车厢地板上，吉斯卡尔一瞬间感到呼吸甚至都要停顿了。

马车里堆着十天的干粮和饮水，当以头纱覆面的泰巴美奈乘上马车，在用垫子堆成的座位上坐好，马车便立刻疾驰而去。

奇异的一行人无声无息地沿着黄昏的街道驶过从王宫到王都城门一法尔桑（约五公里）的距离。五万名鲁西达尼亚士兵沿途守在道路两侧，铠甲和长枪反射着灯火，在道路两旁各自形成了一堵异样闪亮的墙壁。

叶克巴达那的市民们纷纷用怀疑和好奇的眼神打量着这沉默的一行人，但鲁西达尼亚军的队列遮住了他们的视线，天色又颇为昏暗，无法辨别这一行人的真实身份。民众也万万想象不到，他们的国王会以这种形式离开王都。

鲁西达尼亚军士兵们周身都笼罩在紧张之中，面孔也都在头盔下绷得紧紧。倘若安德拉寇拉斯大声表明身份，号召民众暴动的话该怎么办？一旦数以百万计的民众群起暴动，没有总指挥官的鲁西达尼亚军恐怕会立即陷入混乱。

然而，他们的担心是多余的。对安德拉寇拉斯而言，民众是统治的对象，而不是呼吁的对象。

"叶克巴达那啊，你就等待着你真正的统治者亲率大军将你夺回的那一天到来吧！"

走出城门时，安德拉寇拉斯王以音量不大但足以震动听者五脏六腑的声音如此宣告道。而他的声音也传到了马车车厢内的一男一女耳中。帕尔斯的王妃泰巴美奈和鲁西达尼亚的王弟吉斯卡尔相互之间一言未发。泰巴美奈王妃用面纱和坚决的沉默将自己武装了起来，吉斯卡尔则仿佛失去了全部气力般一动不动。安德拉寇拉斯的宣言结束后，一行人默不作声地继续前进了约半法尔桑（约二点五公里）的距离，此时茂密的针叶林从街道左右迎面而来，在一行人头顶投下了黑压压的影子。

安德拉寇拉斯正带头走进森林，却感到一阵风扑面吹来，连忙拉住缰绳。他能感知到凄厉的杀气，完全由于他是一位身经百战的豪杰。

随着鲁西达尼亚语的喊声响起，道路左右杀出一片片鲁西达尼亚兵。枪尖和剑刃上闪着白森森的星光，从低处向一行人袭来。安德拉寇拉斯的大剑呼啸了起来，鲜血伴着声声惨叫洒在大路上。在一片激烈的混乱中，马车的门敞开了。被面纱和昏暗的光线掩盖了表情的泰巴美奈拉起吉斯卡尔的身体，一言不发地把他推向马车外面。鲁西达尼亚的王弟后背狠狠撞在地上，瞬间喘不过气来，又过了许久才发出呻吟。他吐出堵在喉咙口的无形阻塞，竭力大叫道："救救我！忠实的鲁西达尼亚骑士们，你们的王弟在这里啊！"

马车重新开始飞速移动，一行人冲出了混乱的漩涡。鲁西达尼亚军一心只想救回从马车上推下来的吉斯卡尔，便停止了对帕尔斯人的追逐。无论怎么说，他们埋伏在此的目的也是为了救出吉斯卡尔。蒙菲拉特在黑暗中以最快的速度冲向王弟的身边，解开了束缚他的铁链。

"王弟殿下，您没事吧！"

吉斯卡尔用一个僵硬的笑容回答了自己信任的部下。对他来说，铁链被解开的声音无异如恢复自由的天使歌声般悦耳。

"杀掉他，杀掉安德拉寇拉斯！不要让他活着和帕尔斯军会合！"

波德旺大吼道。众骑士见状正欲策马上前，只听先前看起来已然筋疲力尽的吉斯卡尔用尽全身的力气大叫："不可，万万不可杀死安德拉寇拉斯。放他逃离此处，去与帕尔斯军会合吧。"

"是，可是殿下，从他的武勇和慎重来看，今日不在此了结他的性命，他日必会带来灾殃。"

"不，我自有打算。照我说的去做，不许杀他。"

吉斯卡尔再三下令阻止，波德旺无奈，只得收回追杀的命令。箭雨也停下了。安德拉寇拉斯夫妇终于从鲁西达尼亚军手中逃脱，隐入浓浓的夜色之中。

　　总算恢复了自由的吉斯卡尔从蒙菲拉特手中接过一杯葡萄酒，一饮而尽。波德旺回到王弟身旁，注视着他，道出了自己的意见。

　　"我们必须加强王都的防守。安德拉寇拉斯那厮这次既然彻底逃之夭夭了，只怕改日定将再次率领大军袭来。"

　　"这样也好。"

　　吉斯卡尔点了点头，他的身心都在迅速恢复活力。帕尔斯产的葡萄酒似乎将活力一下注入了王弟的四肢百骸。吉斯卡尔长长吐出一口气，继续说道："不过，我们也还有其他事要做。听好，接下来我说的每一件事都要立即安排妥当，绝不可有丝毫疏失。"

　　吉尔卡斯提出了如下几点要求。第一，整理好王都叶克巴达那城内的所有武器、食粮以及财宝，统计出正确数量，做好随时运走的准备。

　　"我们不必执着于叶克巴达那。情况一旦有变，带着帕尔斯的全部财宝撤往马尔亚姆也无妨。听到了吗，蒙菲拉特？"

　　"属下遵命。"

　　"那么，要不要同时做好随时可以放火烧城的准备？"

　　波德旺这样提议。吉斯卡尔摇了摇头。他也曾经想过将叶克巴达那付之一炬。但他转念一想，将叶克巴达那完好无损地保留下来，反而更能吸引帕尔斯军的目标。视具体情况，或许还能把这座城当作与帕尔斯军交易的筹码。一旦烧掉，可就万事休矣。

“而且，从我看来，国王安德拉寇拉斯和王太子亚尔斯兰的关系，可谓是极其疏远。一旦安德拉寇拉斯逃回军中，索要帕尔斯军指挥权时，你们觉得会发生什么呢？”

吉斯卡尔的表情突然变得锐利起来。蒙菲拉特和波德旺瞪大了双眼——原来吉斯卡尔是有意放走安德拉寇拉斯，以诱使帕尔斯军为争夺主导权自相残杀的。先前他屈辱地沦为阶下囚，肉体上失去了自由，唯有脑海中依然自由自在地不断思考着计策。

“放走安德拉寇拉斯并不代表你们的败北。正是要留他一条性命，才能加速帕尔斯军的分裂。”

吉斯卡尔皱了皱眉。他全身的撞伤都在隐隐作痛，仿佛之前麻木了的痛觉也一并恢复了。

“现在就让安德拉寇拉斯去夸耀胜利吧，归根结底这也不是永远的胜利。就让他去和那实际手握重兵的王太子骨肉相残吧。”

吉斯卡尔咬牙切齿地甩下这番话，对骑士们打了个了手势，命他们扶自己起身。他把左右手臂搭在骑士们的肩上，继续下令。

“再选一个擅长帕尔斯语、有外交经验的人。我或许要派使者前去拜访亚尔斯兰王太子。”

“去拜访王太子？”

“虽然我与安德拉寇拉斯不共戴天，但和王太子或许还有交涉的余地。而且，我们派使者暗中前去拜访王太子，还可以让安德拉寇拉斯怀疑王太子与我们私下有所来往。”

重臣们听到王弟所言，不禁连声赞叹。

"殿下所言极是。实在不愧是王弟殿下，身处那么艰苦的环境，竟然还能想出如此巧妙的策略。"

"毕竟那时就只有思考的时间足够充裕了。"

吉斯卡尔苦笑一声，把右手从骑士肩头上放下，摩挲着自己乱草般恣意生长的胡须。下了几个最低限度必要的命令，他感到疲劳感在体内急遽膨胀。回到王都叶克巴达那处理完伤口之后，首先要在床上伸展开双手双脚好好睡一觉。待到睡醒之后，再冲个澡，好好修剪一下胡子，然后……

"我受够了！我要让形式彻底符合事实。"

吉斯卡尔下定了决心。与此同时，鲁西达尼亚人形式上的统治者正好也在叶克巴达那宫中的豪华大床上睁开了双眼。伊诺肯迪斯王整个白天一直都在昏睡着。而现在，他一脸不可思议地看着床边上乱丢了一地的铠甲，唤来了侍从。

"我到底做了什么？我不记得自己在这种地方睡着过……"

他身上已经不见了被丢到床上之前那种异样的粗暴，又变回了一直以来那个懦弱而毫无干劲的伊诺肯迪斯王。侍从们对望了几眼，确认了国王不会再突然变得粗暴后，便告诉他，被俘的帕尔斯国王已经逃出了王宫。

"什么？安德拉寇拉斯逃走了？"

伊诺肯迪斯七世似乎愣了一下，随即干咳了几声，继续问道："那、那么，泰巴美奈怎么样了？"

侍从们闻言目瞪口呆，又有些心生怒意，便故意答非所问。

"属下听闻王弟吉斯卡尔公爵平安无事，这对王室来说实在是一件天大的好事。"

"喔，是吗，那太好了。然后，我想问的是泰巴美奈怎么样了？"

"王妃和国王一同逃走了。"

侍从们如是回答后，室内突然出现了一阵混乱。面上血色尽失的鲁西达尼国王从床上一跃而起，却被自己脱下乱丢的铠甲绊倒在地。侍从们纷纷冲上前去想要扶起国王，但满心失落的国王陷入了歇斯底里状态，可怜的侍从们被抓得伤痕累累。终于，国王耗尽了体力重新倒在床上，却依然闷闷不乐辗转反侧难以入眠。正在此时，传来了王弟生还的消息。吉斯卡尔连衣服也没换就来拜访王兄，他恭恭敬敬地行了一礼。

"承蒙神明和兄长的护佑，我总算是得救了。"

这自然是一句嘲讽，但伊诺肯迪斯王并没有听出来。他询问起帕尔斯王妃泰巴美奈的下落，得知她与安德拉寇拉斯王一起逃向了东方后，彻底失望地用棉被盖住了头顶。吉斯卡尔认为自己已经尽到了作为弟弟以及作为一名臣下所应尽的礼数，便退了出去。陪同在他身边的波德旺压低声音说道："王弟殿下才是鲁西达尼亚真正的支柱，全军上下的将士们对此都深有感触。"

吉斯卡尔没有回答——也没有必要回答。现在还把国王当作国王看待的，只剩伊诺肯迪斯七世一人了。默不作声地继续向前走了二十来步，吉斯卡尔开口了。

"我也对各种事情，都产生了很深的感触。"

看似若无其事说出口的一句话中蕴含着巨大的意义。波德旺双眼中闪出锐利的光芒，正要咧嘴一笑，又忍了下去，把王弟殿下送回了寝室。

悠长而昏暗的走廊上空无一人。墙面上的灯火微微地摇曳着。一个比风的沙沙声更为低沉的声音在墙壁一角仿佛水泡般裂开。

"……在那个懦弱的鲁西达尼亚国王身上暂时注入疯狂的力量，究竟有什么意义呢。结果到头来那柄淬毒的利刃也不过仅仅杀死了国王的一名部下而已。"

"也不用这么悲观吧。"

"唔，古尔干，你对此怎么看？"

"鲁西达尼亚的人心已经完全背离了国王，就算王弟吉斯卡尔篡位，也不会再有人提出异议。是的，除了那个逃去了马尔亚姆的大主教波坦。"

"你觉得吉斯卡尔会弑兄吗？"

"他应该不会做到那种程度。目前看来，更可能是把国王软禁在一个房间里，自己摄政吧。"

"在帕尔斯，国王和王太子为争夺兵权而对立，在鲁西达尼亚，国王则和王弟兄弟阋墙。王族还真是悲惨啊。"

"这种悲惨正会成为蛇王撒哈克再度降临的养分。煽动了银面具，现在就只差一步了。哼哼，没什么可遗憾的。尘世间的人们不知磨炼自己的道德，只知追随着欲望，用自己的双手一点点为蛇王大人推开再度降临的门扉……"

充满恶意的笑声融入夜风之中，吹得灯火微微摇曳。当笑声甫一停息下来，沉默便像尘埃一样覆盖了王宫的走廊。

第四章　王者对霸者

I

第十四代特兰国王特克特米休率领仅由骑兵组成的十万大军侵入帕尔斯境内，乃是六月十日的事情。这支大军由迪马邦特山东部南下时，席尔梅斯和奇夫发现了他们的行踪。

特克特米休现年四十岁，身高略微高于平均，肩宽背厚，细缝般的双眼中射出钢针般凌厉的目光。他在同伴眼中颇为可靠，敌人则对他防备有加。

特克特米休原本并不是在顺理成章坐等即位的环境中长大的。虽然身为王族一员，但他父亲与他本人皆为侧室所生，在王位继承顺序中排名较低。在他长大成人时，他与王位之间还隔着二十名竞争者。

然而，特克特米休并不是那种乖乖接受命运的人。对现状有所不满，那就自己去改善处境直至满意便好。特克特米休作为一名武将首先取得了突出的战绩。他在多场战役中扬名四方，在宫中的支持者也和他的知名度一同与日俱增。他总是豪爽地将夺取的财宝分给朋友和部下，还会给战死沙场的部下的家属送去羊只。虽然这一切都是算计好的收买人心之举，但二十年来不间断的努力和或多或少的幸运交织在一起，终于使他登上了草原王国的宝座。

伊尔特里休的先遣部队中，吉姆沙将军率领约百名骑兵前来向国王报告战况。这实在不是一件美差。他跟着侍卫来到国王面前，下马向国王报告目前的不利战况。

"你们这些废物！先前不是还大言不惭地说在下一次月圆月缺轮回之内定会将帕尔斯全境洗劫一空，班师返回王都沙曼岗吗？姑且不提叶克巴达那，连区区一个边境小城培沙华尔都没攻下来，特兰武将的名誉都被你们败光了！"

特克特米休王的表情和语气都毫不留情。他原以为自己会在培沙华尔城中带有阳台的寝室里度过入侵帕尔斯后的第一晚。

"非常抱歉。但是以伊尔特里休亲王殿下为首的各位将军的确都已倾尽全力战斗了。"

使者吉姆沙诚惶诚恐地禀报道。

"倾尽全力战斗却连一座城都攻不下来吗？"

"臣无以辩白。"

"帕尔斯军有那么强悍吗？"

"不，臣绝不认为帕尔斯军可以称作强悍。"

吉姆沙挑起眉头反驳。这并非嘴硬逞强，特兰军原本就对帕尔斯军没有丝毫畏惧。他坚信倘若两军正面交战，特兰军必将得胜。只是培沙华尔城固若金汤，特兰军对其奈何不得，却也是事实。

"已经把城外洗劫过一遍了吗？"

"附近的人大多都逃进了培沙华尔城，掠夺不到什么东西。在攻下城来之前，没有太多财宝可以分给士兵们。"

特克特米休王必须掠夺巨量财宝，再将它们分给臣下们，以此博取支持。对他来说，"豪爽的君主"这个评价乃是一份贵重的资产。

在这一点上，特兰人献上忠诚的标准是非常明确的。能为臣民带来财富的国王才是一名优秀的君主。嘴上说得再天花乱坠，再如何夸耀身为国君的权威，也毫无意义。无能的君主很快就会被臣民们抛弃。

尽管有这样的内情，但坐上王位的人的确实力不容小觑。尤其是特克特米休，对无能的臣下从来都不留一丝情面。

反对特克特米休即位的人都已经被斩草除根了。即便不是积极反对国王的人，只要被认为对国王派不上用场，其下场不是被流放就是被监禁，留了下来的都是得力干将。

特兰的领土位于大陆北部。在草原以北，穿过广袤的原生林，就是一片荒无人烟的永久冻土。这里的气候环境极其严酷，每隔几年袭来的寒流都会导致牧草大片大片枯萎，羊只纷纷死亡。这绝不是能容许无能的国王和无能的臣下和和睦睦把酒言欢的环境。

……言归正题。不仅是帕尔斯，辛德拉王国也对特兰此番南下头痛不已。照理说，辛德拉国王拉杰特拉二世本应惨叫着向盟友亚尔斯兰求援，而在亚尔斯兰进驻培沙华尔城后，他却只在国境东侧布下阵势，并未采取任何积极行动。只是准许了帕尔斯军绕路穿过辛德拉境内，并加固了防守。一位辛德拉老臣见状问道："陛下，不知您有何打算，是否要出兵前往培沙华尔与帕尔斯军会合？"

"莫要说这种思虑浅薄的话。"

拉杰特拉干脆利落地否定了老臣的疑问。他用甘蔗酒润着咽喉，开口解释道："无论如何，首先，这是帕尔斯人的问题。倘若我们外国人太多管闲事，会伤到帕尔斯人的自尊心。我们只能在暗中援助帕尔斯军，万万不可太出风头。"

在对自己没有好处的事情上，拉杰特拉一向态度极其保守。

帕尔斯军一方对辛德拉国王的这种性格也早已心知肚明，因此也丝毫没有期待他会前来救援。身处培沙华尔城中的达龙朝着好友，对邻国国王进行了一番品头论足。

"怎能指望拉杰特拉王那种人。一直以来，只要对自己没有好处，那位仁兄可是连一根头发都不肯动。"

"嗯，不过也正因为如此，反而有容易掌控的一面。"

那尔撒斯坏坏地笑了笑。拉杰特拉这个人看似做事毫无底线，但他的行动其实极其忠于某种原则——就是说，只要保证他获得当下最大限度的利益，就能与他维持住合作关系。

事实上，那尔撒斯手中只有极少可以自由掌控的棋子，他必须尽可能最大限度地对这些棋子加以利用。

侵入帕尔斯国内后，一切进展都不甚顺利，特兰军不禁焦心不已。

但这也并不代表帕尔斯军的时间就很充裕。收复国土自然是越快越好，况且也不能留给占领叶克巴达那的鲁西达尼亚军太多喘息的时间。鲁西达尼亚军的最高负责人王弟吉斯卡尔其人相当精明能干，必须小心提防他再耍什么阴谋诡计。

吉斯卡尔在被帕尔斯国王安德拉寇拉斯俘虏的这十来天里尝尽了苦头，当然没时间去想什么计策对付帕尔斯军，怎奈帕尔斯军却无从得知内情。那尔撒斯发现了鲁西达尼亚军行动迟缓，猜到城中似乎发生了什么变故，但就算他再足智多谋，毕竟不是全知全能的神仙，当然不可能料到叶克巴达那城内的状况。

这一天，当夕阳把城墙的殷红染得更加浓艳时，特兰国王率直属军队兵临培沙华尔城下。

"看得到特兰的王旗了！"

在城墙最上方监视着周遭动向的耶拉姆声音中充满了紧张，亚尔斯兰飞奔上城墙确认敌情。在晚风中翻飞的太阳旗第一次映入了他的眼帘。此前他当然听过无数传闻，但在整片仿若被血染红的视野中，那面旗帜看起来简直就是凶兆的化身。停在亚尔斯兰左肩上的大鹰"告死天使"也颇不友善地鸣叫起来。

只见夕阳下闪耀的铠甲海洋向左右分开，一名身披极其豪华军装的骑士策马走近城墙。法兰吉丝正欲张弓搭箭瞄准那个高傲的身影，却被亚尔斯兰制止了。那名骑士一眼便能看出是特兰国王，亚尔斯兰准备先听听他要说什么。

"吾乃特兰国王特克特米休。无须多言，倘若汝等再不乖乖开城归降，则仅余全军进击一途，届时全城必将化作一片血海。吾会等待一个满意的答复，但是别忘记，特兰人的耐心一向不佳。"

特克特米休高声嘶吼，但亚尔斯兰不等他喊完便返回了城内，完全没理睬他。

"听外国人讲那么粗野下流的帕尔斯语会有损殿下的感性。"

劝亚尔斯兰回城的那尔撒斯如是主张。

"等他吼累了，特兰军也就该出动了。至于他们会如何行动，我也大致料到了。"

特兰军的确不能一直不断吼叫下去。夜色逐渐降临，在一分一秒逐渐由红转黑的天空下，特兰的军队排山倒海般一步步逼近培沙华尔的城墙。

"他们的目的归根结底就是掠夺，而国王则负责将掠夺到的战利品公平分配下去。"

那尔撒斯向达龙解释。

"总之游牧民族似乎就是会有这样的想法。特克特米休王是不能背叛臣民期待的。"

"还真是直截了当啊。"

"也实在难能可贵啊。一旦君主没有履行作为君主的责任和义务，臣下就没有任何理由再对他尽忠了。"

"可是在绢之国似乎还有这种说法。君虽不君，臣不可不臣。"

达龙话音未落，却见那尔撒斯从眉眼到嘴角都浮现起充满嘲讽的笑意。

"因为绢之国和帕尔斯都是文明之国，国民们都比较顾及脸面。在这一点上，特兰人就比较坦率了。虽然也不能说坦率就一定是好的。"

特兰军人数众多，且颇为骁勇，但并不擅长长期作战。若要与之对抗，首先便应藏身于坚固的城墙之中，摆出准备打持久战的架势。这就是帕尔斯军的第一步策略。必须诱使特兰军心焦气躁，主动钻进圈套。特兰军只要认定毫无胜算或无利可图，便不会持续侵攻，而是立即退回自己的领地静候良机。而当他们退却时，帕尔斯军却无法追到沙曼岗将其全歼——在这一点上，特兰可谓是一个相当棘手的敌人。不过，一旦将他们彻底击败，倘若帕尔斯中央政府能将国内治理得井井有条，加固边境的防守，他们便不会再次入侵。对帕尔斯来说，特兰是否入侵，就像是一种衡量国政健全度的标准。

"话说回来，我实在是想尽快处理掉尘世间的这些琐事，回到艺术的正路上去。"

"哎呀哎呀，你怎么还在说这种话。"

"艺术正呼唤着我，我能听到它甜美的声音。"

"你听错了吧。"

黑衣骑士一句话便全盘否定了好友的妄想。帕尔斯的头号智将一脸不服气地瞪着帕尔斯首屈一指的猛将，最后却一句话都没有说。

II

次日清晨，特兰军开始进军。他们刻意让培沙华尔城中的帕尔斯军清楚地看到自己的动向，一看便知是在引诱帕尔斯军。

这只是一种极其初级的佯攻战术，在帕尔斯军看来完全就是"请君自便"，不值一提。军师那尔撒斯却指示诸将，随时做好出城迎战的准备。黑衣骑士达龙露出了略有不解的眼神。

"我还以为无论特兰军如何挑衅，眼下你都不准备出击的。"

"一开始的确是这样想的，但现在我有了些不同的考量。一方面是我希望能擒获一员特兰大将，另一方面，不排除王太子殿下会有主张出击的可能。虽然最好是什么都不要发生……但我想到了殿下可能会这样想的理由。就是这样……"

听罢那尔撒斯的解释，达龙点点头。

"一旦国王只把民众当作执政的道具，这个国家就完蛋了。

王太子殿下是绝不会那样的。明白了，我去做出战准备。"

就这样，当一半帕尔斯军将士都做好了出战准备时，耶拉姆前来报告："有一群人被带到了特兰军阵前。"

再过不久，那些被赦为平民的奴隶就要逐渐迁入帕尔斯东部边境了。按照计划，未来将会让他们拿起武器成为武装农民，但此刻计划尚未进展到那一步。特兰入侵时，大部分农民逃进了培沙华尔城，但是也有人逃进了山里或附近的村落中。特兰军对周边进行了扫荡，抓住了十来个人，将他们绑起来，带到阵前一字排开。这是一种攻城军经常用以威胁守军的手段。鲁西达尼亚军包围王都叶克巴达那的时候也曾使出过这种手段——在敌人眼前处死他们的同伴，以此进行挑衅、胁迫。不等亚尔斯兰阻止，特克特米休王便下令将十余名俘虏一个接一个地斩首，然后用嘲讽的语气朝城墙上大喊："帕尔斯军啊，出城吧，出来战斗吧！你们再不出来，我就烧掉附近的村子，把村民们杀光。你们已经明白这不只是一句威胁了吧？"

"完全明白了。"

"哦，明白了是吗？"

"明白和你说不通了。给我等着，现在我就去把你变成上一代特兰国王。"

只要想的话，亚尔斯兰也是可以牙尖嘴利的，而这一刻他完全不想口下留情了。他冲下城墙，飞身跳上马背，下令出击。城门被打开了。那尔撒斯所预想到的正是此事——以王太子的性格，可是没办法眼睁睁地看着无辜的人被杀死在眼前的。

"没办法了，只能让殿下出掉这口气。不过，达龙，千万不要延误退却的时机喔。"

那尔撒斯心下清楚，并不是所有的战斗都能够按照计划进行。也有不能仅凭理智筹划、必须让感情得到满足的时候。

与此同时，特兰军却算计好了一切，只等帕尔斯军出城自投罗网。双方的冲突看似毫无秩序，但特兰军在转瞬之间便变化了阵形，开始蠕动，巧妙地将亚尔斯兰与同伴们所在之处分割开来。在混战的血雾之中，亚尔斯兰受到了一名特兰骑士的挑战。

"黄口雏儿啊，你叫什么名字？你若会说人话，就给我报上名来。"

这名骑士一上来就出言侮辱亚尔斯兰。

"我乃帕尔斯的王太子亚尔斯兰，但你也不必记住。"

"什么，你是王太子？"

特兰骑士瞪大了眼睛。讶异过后，一种残忍的喜悦之情充满了他的双眼。

"这样啊，原来你就是那个被西方蛮族夺去了都城，无家可归的帕尔斯孤儿啊。"

亚尔斯兰没有回答，重新举起剑摆好姿势。特兰骑士恬不知耻地嘲笑道：

"失去家园的流浪孤儿啊，听来真是可怜。我就把你带回沙曼岗，关在笼子里养起来好了。这辈子不会让你挨饿的。给我乖乖下马，匍匐投降吧。把剑放下，摘掉头盔。"

"我可没打算向一个不懂礼仪仁慈的敌人投降。"

亚尔斯兰满腔怒火地反唇相讥。眼见迁入的平民惨遭杀害，亚尔斯兰从心底对特兰人感到了愤怒。

"好大的口气！"

特兰骑士一脚踹上马腹，冲上前去。亚尔斯兰举剑迎战。他观察着敌人冲刺的速度，略微调整了马头的角度，像一阵风般从敌人身旁掠过。擦身而过的瞬间，迅速而凌厉地扬手将剑朝右上方一挥。

亚尔斯兰这一击意图甚妙，怎奈在场多名敌人皆欲取他性命。正当他的剑尖要将敌人身体一刀两断的瞬间，从另一个方向刺来一柄长剑，与他的剑身纠缠在一处。特兰所产刀剑颇为厚重，只听尖锐的金属声音响起，帕尔斯纤细的剑身应声而断。转瞬间，亚尔斯兰失去了武器，两手空空。说时迟那时快，两柄特兰长剑就要一同朝王太子头顶斩落下来——惨叫却由特兰语发出。先前那名特兰骑士看到将自己的同伴一刀送上西天的帕尔斯骑士，不禁一阵愕然。

"来者何人？"

回答了这个问题的并不是来者本人，而是帕尔斯王太子。他那仿若清澈夜空的眼瞳中闪耀着欣喜的光芒。

"奇夫！这不是奇夫吗。你回来得太好了。"

"不好意思，殿下。我觉得差不多该回来了，才如此僭越。"

流浪乐师手提被鲜血染红的利刃，骑在马上向王太子恭恭敬敬行了一个礼。见此光景，特兰骑士厉声喝道："原来你叫奇夫？"

"不仅仅是奇夫喔，一定要好好加上'正义与和平的使者'这个前缀。"

"一派胡言！"

"不喜欢吗？那么，改成'为美女献上爱情，为丑男带来死亡'也可以，这样你就没有意见了吧？"

舌战单方面中断了。特兰骑士的眼中和剑刃上闪着杀气，一剑斩向油嘴滑舌的不速之客。怎奈他剑势虽猛，却完全不是奇夫的对手。未来的宫廷乐师灵巧地一翻手腕，特兰骑士的剑刃便从他的剑上滑过，右腕下方旋即露出空隙。奇夫迅速刺出致命的一剑。只听特兰骑士口中发出短促而尖锐的叫声，便永远地从马上跌落了下去。

奇夫护送着王太子亚尔斯兰走进培沙华尔城时，夹杂了些许五味杂陈的气氛伴随着欢呼声扑面而来。无论众人对奇夫抱着何种感情，他的确在危难关头救了王太子一命。

在战场上被和亚尔斯兰分割开来的达龙，也召集起麾下士兵，带着一脸"真是没办法啊"的表情回到了培沙华尔城。"野战中的特兰军的确不可小觑，差一点就不仅是无功而返，而是要悔之晚矣了。"对那尔撒斯说罢，达龙压低了声音。

"多亏了奇夫才没有铸成大错。奇夫这家伙，绝对是算准了最关键的时机才登场的。"

那尔撒斯完全与达龙同感。趁亚尔斯兰身陷险境千钧一发的时刻，赶到身边将他救下的，的确很符合奇夫的风格。虽然恐怕不知什么时候还会再次退场，但看来这个随心所欲的男子是打算先在王太子身边暂且歇息一段时间。

奇夫原本准备向军师那尔撒斯讲述自己在魔山迪马邦特的经历。但他一眼瞥到美丽的女神官伫立在大厅中的身影，便果断优先了私情。他正要抬脚向法兰吉丝走去，却发现女神官身边还站着一个男人。那人身着银灰色的铠甲，正一副自来熟的样子和她攀谈着。

不必说，奇夫自然对这幅光景起了疑心。恰巧千骑长巴鲁海就在一旁，于是奇夫压低声音向其询问。巴鲁海是极少数对奇夫没有心怀敌意的人。

"那个男人是谁？我是说那个厚颜无耻地贴在法兰吉丝小姐身边的独眼高个子。"

"那位是克巴多大人。他过去曾是与达龙大人、奇斯瓦特大人齐名的万骑长。"

总觉得巴鲁海的笑容有些坏坏的，大约是预料到将会发生一场争风吃醋了吧。但奇夫并不是会在意男人笑容的类型，他打探到克巴多的名字后，便再次迈开脚步，走到法兰吉丝身边。他故意无视了克巴多，在脸上绽开一个蜜糖般的甜美笑容，朝久别重逢的法兰吉丝寒暄道："法兰吉丝小姐，就算我不在身边令你的内心感到空虚，但随便允许这种轻佻的男人接近身边，可会有损你的尊严喔。"

"凭什么你不在我就要内心空虚？"

听到女神官冷漠的回答，流浪乐师摆出了一副仿佛在说"真是可叹啊"的姿势。

"法兰吉丝小姐是一位接近完美的女性，却唯独有一个缺点，就是面对自己的内心不够诚实。然而连这个缺点都带有一番魅力，真是一位罪孽深重的女性啊。"

"罪孽深重的是你这张嘴吧。说那么多花言巧语才要让女神官小姐酸倒牙了。"

克巴多甩来一句挖苦。转瞬间，三只眼睛之间隔着法兰吉丝划出一道充满敌意的弧光。

与那尔撒斯坐在同一张桌边的亚尔佛莉德，望着这幅画面，压低声音对年轻的军师说道："哎，那尔撒斯，那三个人之间的气氛真是微妙啊。"

"一朵鲜花，两只蜜蜂。也不是什么太罕见的场面啦。虽然这里的鲜花和蜜蜂都相当与众不同就是了。"

"嘻嘻，那尔撒斯就没有这种问题，真好啊。只有我一个人。"

话音未落，只听一声巨响，耶拉姆把手中的汤碗重重摆在桌上。汤汁溅到了亚尔佛莉德的脸上，她不由得愤然大叫道：

"喂，你要干什么啊！"

"别打扰那尔撒斯大人，你这个疯疯癫癫的小丫头！"

"你说谁疯疯癫癫呢？小不点一个，口气可不小。少耍点嘴皮子，多练练真本事好吗？"

"轮不到你说我，你才是……"

"你又对比自己年长的人用不礼貌的称呼了！快管管他啊，那尔撒斯！"

年轻的军师终于无法再袖手旁观了。

"唔，首先来说，大家都是帕尔斯人，应该好好相处。和平是从友爱之中诞生的。"

这番毫无那尔撒斯风格亦非原创的说教，立即遭到了少年和少女的反击。

"我觉得和平是从对年长者的礼貌之中诞生的，那尔撒斯。"

"那尔撒斯大人，我觉得和平这种东西，是不能强人所难的。首先，不能心平气和的和平就……"

"你说什么！"

"怎么了！"

两人怒目相视，火花四散。被夹在中间的年轻军师叹了口气，正在此时，大厅的门被推开，黑衣骑士顾长的身影出现在门口。他向王太子行了一礼，便径直朝那尔撒斯走去。

"喂，天才画家，看来特兰军比我们更勤快呢，这么晚却一股脑涌到城门前来了。"

"是吗，这可不得了了。可不能再在这种地方优哉游哉地不务正业了。"

那尔撒斯从餐桌前站起身来，显得有些异样的干劲十足。看着和达龙肩并肩走出房间的军师，耶拉姆和亚尔佛莉德对视了一眼，不情不愿地暂且停战，追在他的身后。

III

特兰军先前在战斗中未能擒杀亚尔斯兰，心中亦颇有不甘，但同时也重拾起了"若是野战绝不会输"的信心。接下来，他们计划连续发动波浪式攻击，使帕尔斯军筋疲力尽。

出阵迎击的达龙，在马上俯下身体避开不时射来的箭矢，静待时机到来。瞬间，他抬手将长枪刺向斜上方，银色的穗头穿透了冲上来的敌兵咽喉。敌兵发出一声短短的惨叫，鲜血在空中划出一道长长的弧线，从飞驰的马背上滚落下来。

这便是一切的开端。达龙迅速抽回枪身，将从侧面斩来的剑格挡开来，又刻不容缓地猛刺出去。失去了骑手的特兰战马狂奔而去。达龙每到一处，特兰士兵们的惨叫声便撕裂了晚风，他们的铠甲和马具纷纷被他们自己的鲜血染得殷红。

"那尔撒斯说让我生擒一员特兰大将，可怎么看都全是些虾兵蟹将嘛。"

即使纵横驰骋于普通士兵之间，也只像是无谓的杀戮而已，达龙一点都提不起精神来。黑衣骑士希望能遇到一个不亚于伊尔特里休亲王的劲敌，但这一夜，他没能幸运地棋逢对手。不久后，达龙回到城门前，将染血的长枪横在马鞍上，决心担负起为战友们开辟出回城道路的责任。

在特兰军的重要将领之中，要数吉姆沙和伊尔特里休亲王年纪最轻。吉姆沙个子略矮，又生得一张娃娃脸，甚至让人怀疑他有没有满二十岁。然而，他却是特兰全军上下最为机敏勇敢的武将之一，同时亦以善使一种危险武器而知名。

这种武器便是吹箭。有传言称，吉姆沙连飞在天空中的鸟儿都能用淬过毒的吹箭射下来。自然，他也会舞枪弄剑。据说，当吉姆沙左手持吹箭筒，右手举剑，仅靠双腿操控着马匹穿过敌阵时，身后会留下两种不同的尸体。

这一夜，帕尔斯军以自己的生命为代价，证实了这个传闻。向吉姆沙冲过去的帕尔斯兵一个接一个地从马上飞起、摔落。

"用怪招的家伙！"

两名帕尔斯骑士同时从左右两侧斩向吉姆沙。然而，他们却同时喷出鲜血，惨叫着仰面滚落马下。一名骑士被吹箭刺中了眼睛，另一名被一剑斩断了咽喉。帕尔斯军中响起了一片惊叫。

意识到普通的骑士不是对手，帕尔斯军的萨拉邦特冲上前去。交手三四个回合后，吉姆沙掉转马头便逃，萨拉邦特猛追上去，重重挥落长剑。吉姆沙伏下身避过这一剑，转身吹出吹箭——原本瞄准的是萨拉邦特的右眼，但萨拉邦特情急之下举起右臂挡住了箭。瞬间，剧痛使他的右臂一阵发麻，手中的剑也落下地去。

萨拉邦特被未曾料想过的武器所伤，强撑着才回到城门前便已精疲力竭，跌落下马。吹箭上的毒素在他体内循环，引发了高烧。如果不是达龙手举长枪将追击而来的敌兵纷纷扫落马下，只怕萨拉邦特早已被乱刀剁成肉泥了。

萨拉邦特身负重伤的消息传到帕尔斯全军，帕尔斯军上下胆战心惊，同时胸中又燃起了熊熊战意。

吉姆沙伤了帕尔斯一员大将，心中不免洋洋自得。他为立下战功，也为战果一向不佳的特兰军名誉得以恢复，稍事休息后，便再度率军攻向培沙华尔城，与已出城的帕尔斯军产生了激烈冲突。

吉姆沙在战场上急驰，与一名帕尔斯武将狭路相逢。此人乃是一名左眼一字形紧闭、高大精悍的男子，见到吉姆沙，便一语不发地驱策圆点斑纹的灰色战马，向前突进。他手中大剑已经连剑柄处都染满了鲜血。吉姆沙心下清楚遭遇了强敌，按惯例先举剑迎战了两三个回合后便掉转马头试图逃走。

这一瞬间，克巴多迅速伸出左手，抓住了吉姆沙绑在盔甲上的皮带。其速度迅猛得令人惊诧，臂力也大得出人意料。吉姆沙正欲大呼"你要干什么！"，身体已被狠狠抛到半空中。

吉姆沙的身体划出一条弧线落到地上，在草地上弹起，又滚了两三圈，才终于起了身。

此时，伊斯方驱马赶到，朝他挥下剑来。只见火花四散，吉姆沙胃部吃了重重一击，脸着地一头向前栽了下去。

伊斯方像没有重量一样从马上轻巧飘落，正要刺下致命一剑时，克巴多从旁制止了他。

吉姆沙不是作为胜利者，而是作为俘虏，进入了培沙华尔城。当战斗告一段落，他被用皮绳五花大绑着拖进大厅，亚尔斯兰劝他投降。

然而，这个提议被吉姆沙拒绝了。他面无惧色，昂首挺胸大声道：

"特兰人绝不会对特兰国王之外的人屈膝投降。况且若是胜过自己的勇者便也罢了，岂有向区区一个小毛孩投降之理！"

他用特兰语甩下这番话，那尔撒斯苦笑着翻译给亚尔斯兰听。

亚尔斯兰听到自己被骂作小毛孩，眨了眨眼，学着那尔撒斯苦笑了起来。事实上，他对自己是个小毛孩这件事是有自觉的，所以并不生气。

"过不了太久，那个帕尔斯小毛孩也要被特兰军俘虏，带到我们国王陛下的面前了吧。到了那时，你们也打算忠告他忘掉旧仇，效忠特兰国王吗？"

"你这混账，张口便是一派胡言！"

绰号"被狼养大的人"的伊斯方从众将的队列中冲出，拔剑出鞘，打算让这个无礼至极的俘虏永远闭嘴。那尔撒斯出声制止了他。

"这是殿下的意思。不要杀他。"

"但是军师大人，此人如此无所畏惧地口出狂言，只怕是不准备投降了。若留他一条性命，日后必将酿成大祸。杀了他，葬在豪华的坟墓之中，对他自己也好吧。"

"别着急，想杀他随时都能杀。殿下，您意下如何？"

那尔撒斯望向亚尔斯兰，深深信赖着军师的王太子微笑着点点头，伊斯方也只得收起了剑。幸好，身负重伤的萨拉邦特经过放血和吃药等治疗，已经脱离了危险。

就这样，特兰勇将吉姆沙被关进了培沙华尔城的地牢里。虽然依然被皮绳绑着，但吉姆沙觉得区区这种程度的绑缚难不倒自己，便下定了逃走的决心。

事实上，吉姆沙若不逃走，反倒有人会头痛。那就是帕尔斯军师那尔撒斯。

"就先给他们看看我们的手段吧。"

年轻的军师只说了寥寥数语，语气也悠然自得，毫无危机感。达龙和奇斯瓦特都莞尔一笑，笑容中蕴含着对军师的信任。迄今为止，帕尔斯都只在消极抵挡特兰军的攻势，但现在时机即将成熟，终于可以主动出击了。而在这件事上，吉姆沙则是最为不可或缺的关键人物。

即使强硬如特克特米休王，看到培沙华尔城难攻不落，吉姆沙又遭俘虏，心情也逐渐有些沉重了。对培沙华尔的攻势开始显出缓和，下一步棋该怎样走也迟迟未能决定。不承想，一昼夜过后，被俘的吉姆沙满身泥泞地回到阵地。

"我被关进地牢，最近几天就要遭到处决，但我伺机抢到马匹，逃了回来。"

吉姆沙对接见自己的特克特米休王如是报告道。他还刺探到了帕尔斯军的机密。原来那些帕尔斯人把吉姆沙当做一个不懂帕尔斯语的蛮族，连劝降时也用的是特兰语。吉姆沙也只对他们说特兰语，帕尔斯人便彻底安下心来，用帕尔斯语相互谈论起军事机密。但事实上，吉姆沙听得懂也会说帕尔斯语。

"首先向您禀报。培沙华尔城中的帕尔斯军，将于下一个新月之夜，与城外的十万友军会合。"

"什么，帕尔斯还有这么多新的兵力吗？"

"是的。此前犹豫是否要投效王太子的南方诸侯和豪绅们终于下定了决心，正陆续赶往王太子身边。"

特克特米休王咆哮道：

"那些豪绅之前为什么在犹豫？"

"他们对王太子今后的执政抱有疑虑和不满之情。"

吉姆沙开始解释。王太子亚尔斯兰正试图对帕尔斯国内持续了三百余年的社会制度进行大幅度改革。他签署了废止奴隶制度的命令，禁止人口买卖，将国内所有奴隶都赦为平民。这些规定对于拥有奴隶的诸侯们来说是非常不利的。因此，即使诸侯们投效王太子，收复了国土，一旦他们拥有的奴隶被释放，最终还是会蒙受巨大损失。这就是他们犹豫是否前去协助王太子的原因。但目前看来，国王安德拉寇拉斯三世获救的可能性相当渺茫。而王太子又表示，自己将会允许协助自己的诸侯们继续拥有奴隶。于是诸侯们终于下定决心，倾尽所有兵力，集结到王太子的旗下……

"帕尔斯人洋洋得意地说，援军多达十万，已到达距培沙华尔城西南方二十法尔桑（约一百公里）之处。还请陛下尽早做出应对。"

吉姆沙再度匍匐在地。特克特米休王继续问道：

"我知道了。顺带一提，据说王太子亚尔斯兰还只有十四五岁，如此年少便将一国的诸侯和土豪几乎悉数纳入麾下，是否说明他器量过人呢？"

"不，恕臣直言，那应该只是众人对他评价过高。那个名叫亚尔斯兰的少年看起来只是一个懦弱无能、被亲信随意操控在手中的傀儡，臣不认为他有统治一国的器量。"

"唔，如此说来，失去安德拉寇拉斯王之后，帕尔斯作为一个国家只怕是岌岌可危了啊。"

"陛下所言极是。"

事实上，吉姆沙还没有机会得知亚尔斯兰的真正价值。若只看表面，亚尔斯兰的确毫不显眼，一个摆设而已。

总而言之，吉姆沙的禀报令特兰国王特克特米休欣喜有加。

"干得好，吉姆沙。如果不是你拼了命回来通知我们，恐怕我军就要惨遭培沙华尔城内外两面夹击之苦了。你做得太好了。"

特克特米休对吉姆沙大加赞赏，并重重赏赐了他。这是一份充满特兰风格的、颇为实际的奖赏。他命侍从搬来一个装满金币的大牛皮箱，让吉姆沙从中尽情抓取。

特兰从未铸造过本国的货币。这一大箱金币都是从帕尔斯、绢之国或马尔亚姆等国掠取而来，或是在与这些国家的交易中收取到的。特克特米休将这些来自诸多国家的金币赐给了吉姆沙，更加豪爽地对他说道："战胜后，我军将返回特兰本土，但我计划长期占领培沙华尔城。此处位居大陆公路要冲，可镇守我国最南端，令帕尔斯和辛德拉不敢轻举妄动。吉姆沙啊，这个城主就交给你来当了。今后要更加勤勉尽忠喔。"

吉姆沙大为感激，诸侯们则对他的幸运羡慕不已。只要当上培沙华尔城城主，就可以向来往于大陆公路上的商队征收通行税，并将其中一部分合法地装进自己的腰包。这意味着，吉姆沙被赐予了极为可观的财富。当然，如果攻不下培沙华尔城，再贵重的恩赐都不过是黄粱一梦。

特兰军紧急召开了军事会议，决定将全军兵分两路，从前后双方夹击诸侯军，将其击溃。接下来再趁夜色正浓，扮作诸侯军，诱骗培沙华尔城中守军打开城门，一拥而入将其全歼。

"倘若贻误战机，陛下定会怒不可遏。快，歼灭帕尔斯军的荣誉属于我们。"

亲王伊尔特里休、猛将达鲁汉等先遣部队的将军们，早已干劲十足地开始行动了。

"怎能让吉姆沙一人独享荣华富贵。培沙华尔城主的位置就归我了。"

夸张一点说，特兰军全军上下都在功名利禄面前急红了眼。以帕尔斯的里程来算，进军了一法尔桑时，他们在路上发现了骑兵队的马蹄印以及依然新鲜的露营痕迹。乍看上去，的确像是一支帕尔斯大型部队正在进军。

特兰军一直都在被帕尔斯军师那尔撒斯玩弄于股掌之间。那些足以以假乱真的露营痕迹，是特斯率领一队人马伪造出来的。他们事先接到那尔撒斯的指示，没有重返培沙华尔城，而是留在城外孜孜不倦地设起陷阱，为在今夜诱骗特兰军上钩。

在这个新月升上天空的夜晚，两支特兰部队从东西双方分头袭向并不存在的帕尔斯军，在黑暗中发生了正面冲突。

两支杀气腾腾的精锐部队在意料之中的战场上狭路相逢。尽管特兰人夜视能力过人，也终究有限，更何况双方都深信对方就是可恨的帕尔斯军。就这样，大陆公路周边诸国历史上最为凄惨的自相残杀事件便爆发了。

IV

刃锋交击，人马相互激烈冲撞，彼此都认定对方就是敌人。

功名欲和仇恨心煮沸了特兰人的理智，而一旦开始流血，血腥气就像魔酒一样让人们沉醉其中。特兰人借着醉意疯狂残杀，不断挥起利剑，刺出长枪，劈下战斧，扬起马蹄践踏。

"哎，总觉得有些奇怪啊。"

亲王伊尔特里休有些疑惑地偏了偏头。淋漓的鲜血染满了他的剑锋和铠甲。他奋勇冲锋在前，斩杀了数名敌人，却听到继续袭来的敌人口中似乎说着特兰语。越是交战，他心中的疑虑越是加深。终于，伊尔特里休收起了剑，高声叫道：

"诸位，情况可疑，暂且安静！"

几乎与此同时。

"停下来，别再打了！这是自相残杀。我们中了帕尔斯人的奸计了！"

"收起剑，安静，对面是自己人！"

在充斥着黑暗与鲜血的战场上，四面八方都响起了制止部下们的叫声。这些声音，逐渐将那些沉醉于血腥气之中、发狂般挥舞着武器的士兵唤回了现实。刀枪交击的声响逐渐静了下来，双方相互报上姓名，开始辨认同胞的所在之处。一阵怅然若失过后，激愤便涌上了众人心头。

"可恶！那些帕尔斯人，太恶毒了！"

就算气得浑身发抖，他们也只能嘲笑中了圈套的自己。被那尔撒斯的计谋玩弄于股掌之上的特兰军，在一夜之间便战死五千人、另有一万二千人负伤。而帕尔斯军未损一兵一卒。

"这种计谋到底是谁想出来的？帕尔斯军里，可有一只令人不可小觑的奸诈狐狸啊！"

"恐怕就是那个名叫那尔撒斯的人吧。"

卡鲁鲁克回答了国王的怒吼。在特兰王国一众武将之中，当属此人对别国情况最为熟稔。他脸颊上淌血的伤口，乃是在混战之中，为己方将军迪撒布罗斯之剑所伤，而迪撒布罗斯亦被卡鲁鲁克手中长枪刺伤左腕，二人都红着双眼，无处发泄怒气。此前，卡鲁鲁克也曾禀报国王，那尔撒斯是一名万万不可掉以轻心的人物。四年前，三国联军从帕尔斯东部国境蜂拥而入之时，设计挑拨三国联军内讧，将其逐出国境的，正是那尔撒斯。

倘若能再早两天注意到此事，应当就能避免今晚这等惨剧了，但卡鲁鲁克也急于功名，没能意识到这个圈套的危险性。

"行，总有一天要把那个叫那尔撒斯的谋士，和亚尔斯兰那小子一起丢进火里烧死。不过在那之前，首先有一个奸恶之徒需要惩处。"

一阵咬牙切齿过后，特克特米休颤抖着身体咆哮道。

"把那个虚情假意的叛徒吉姆沙叫来！我竟然愚蠢到听信了他的花言巧语，眼睁睁地看着部下送命，实在悔恨至极。吉姆沙那厮一定是被那尔撒斯收买，背叛了祖国和国王！"

那尔撒斯心中清楚，吉姆沙是被冤枉的。吉姆沙不过是中了计，随着自己写出来的剧本起舞罢了。不过，那尔撒斯是不会大摇大摆地专程前往特兰军阵营为吉姆沙辩护的。于是，相信吉姆沙是被冤枉的人，就只有吉姆沙自己了。

被传唤到本阵的吉姆沙，已经明白自己"遭人陷害"了，但他的辩解完全无法平息国王和诸将的冲天怒火。无论如何，他带回的假情报导致特兰军蒙受巨大损失，终归是不争的事实。而国王和众将能够发泄怒气的对象，也只有眼前的吉姆沙。

吉姆沙意识到已经没有辩白的余地了。这样下去，自己会被当做私通帕尔斯的叛徒处死。他并不怕死，却无法忍受自己背着一身污名遭到诛杀。

说时迟那时快，吉姆沙猛一转身——眼前他只能先逃走，待到日后再伺机证明自己的清白了。

"狐狸尾巴露出来了，蠢货！"

亲王伊尔特里休手起剑落，利刃卷着凄厉的旋风朝吉姆沙袭来。吉姆沙竭尽全力才勉勉强强避过这一击，再把第二刀格挡开来，飞身跳上马背。他是特兰军中屈指可数的著名骑手。转瞬间，马儿仿若深夜中的一阵狂风，远远逃离了国王的本阵。

"别放走他！把他从马上射下来！"

随着卡鲁鲁克一声令下，数百道弓弦同时鸣响，箭矢化作一道激流撕裂了浓浓的黑夜，却没有人知道是否射中了那个逃亡者。

突然，特兰人大吃一惊，开始面面相觑。

黑暗深处，似乎有什么东西一涌而出，逐渐逼近特兰人的阵营。仿若晴朗的天空中聚起了积雨云一般，令人头皮发麻。久经沙场的众将也不由得起了一身鸡皮疙瘩。那种感觉确切得毋庸置疑。

"……帕尔斯军来了！"

一声惨叫响起，四面八方的黑暗瞬间充满了敌人。"突击！"伴着一声帕尔斯语高呼，箭矢夹带着风声，像雨点般纷纷落下。

"太阴险了！"

特克特米休再次咆哮道。这的确只是一句逞强至极的话。

帕尔斯军的——也就是那尔撒斯制定的——作战计划，滴水不漏，又极其狠毒。他先诱使特兰军相互残杀。而特兰军发现真相后，不免会一阵愕然，强烈的仇恨心也随之萎靡下去，泄了气，丧失了在今晚再次决一死战的斗志。正在他们绷紧的神经松懈下来的瞬间，毫发无伤的帕尔斯军便汹涌袭来。

"那个名叫那尔撒斯的家伙是恶魔吗？"

一个年轻的怒吼声盖过了特克特米休王的惨叫。伊尔特里休亲王手举出鞘长剑，在夜空中用力挥下。

"管他人是魔，落进陷阱还不奋力自救，就只有死路一条。唯有突破陷阱，才有望逃出生天。诸位，拔出剑来决一死战吧！"

伊尔特里休亲王厉声大喝，将目瞪口呆的特兰将军们骤然唤回了现实。在国王面前有此等举动，本是越权行为，但此刻没有一人对他发出责难。

转瞬之间，虚假的战场化作了真正的战场。帕尔斯语和特兰语七嘴八舌地混杂在一起，腥臭的血气化为浓雾笼罩四周。试图突破重围的波伊拉将军冲在部队最前方挥起长剑，却迎面撞上了帕尔斯的"双刃将军"奇斯瓦特。

"喔！几天前和你交手时没能分出胜负。今晚我一定要砍断你那装腔作势的双剑！"

波伊拉一声咆哮，手起剑落。二人手中利刃往复斩击、格挡，纠缠了十余回合，胜负才终于见了分晓——以波伊拉所不希望的形式。

特兰军中数一数二的勇者，剑术终究比不上奇斯瓦特。只见波伊拉左颈处双剑一闪，鲜血飞溅而出，他本人随即从马鞍上摔落在地。

波伊拉的部队失去了主将，阵脚大乱。奇斯瓦特指挥着士兵们，自己率先冲入了敌阵。

血腥刺鼻，夜幕笼罩着这片人间地狱。特兰军惨遭斩杀、突刺，平时的勇气和战意都抛到了九霄云外，一心只想逃出这片夜幕下的平原。

"岂能就此善罢甘休。必须取到王太子亚尔斯兰那小子的首级，否则难消我腹中怒火。"

杀气溢满了伊尔特里休亲王的双眼。有生以来，他还从未经历过这种只是一味溃败的战役。与其开辟出一条退路，他宁愿更主动地与有着压倒性优势的敌人迎面交锋。

"亚尔斯兰！出来，你在哪里！"

他厉声怒吼着，不断斩击、突刺、格挡，帕尔斯士兵虽骁勇，也难以抵御年轻亲王的猛烈攻势。伊尔特里休冲过鲜血和惨叫的旋涡，不断寻找着亚尔斯兰的身影。而在激战中，他与迪撒布罗斯将军不期而遇。迪撒布罗斯将军劝他暂且脱身，寻机东山再起，他只得咬牙切齿，恨恨地逃离了战场。

特兰士兵之中，也有不少人并非死于刀枪，而是死于箭矢之下。一直没有寻到对手的克巴多，望见一名头上包着天蓝色头巾的少女张弓搭箭，不顾夜色昏暗，将远处的特兰兵一个接一个射落马下。那名少女——也就是亚尔佛莉德，看到这名魁梧男子驱马上前，便朝着他淡淡一笑。她发现眼前这个大个子，便是此前为争夺法兰吉丝与奇夫产生冲突的那个人。

"你弓箭用得很不错啊。"

听到克巴多直率的赞赏，亚尔佛莉德也大大方方而又自豪地答道：

"当然了。我可是轴德族的女人喔。比起做饭，我们更擅长拉弓放箭，虽然也没什么可骄傲的。"

"轴德族？"

克巴多偏了偏头，叫住了匆匆掉转马头的少女。

"喂，等一下。你说你是轴德族的人，那你该不会认识前任族长的儿子梅鲁连吧？"

亚尔佛莉德勒住了缰绳。微弱的新月光辉，没能完全照亮她迷惘而讶异的表情。

"你怎么会知道我哥的名字。是在哪儿见过他吗？"

"喔，原来你们是兄妹啊。这么一说，长得确实有点像。"

这实在是有些敷衍的感想，眼下战事正酣，没有再说更多的余暇。克巴多伸出左手，轻轻拍了拍马脖子。

"梅鲁连正在找他心爱的妹妹呢。族长的座位似乎还在为你空着。"

"族长？！讨厌啊，我可不想当什么族长。"

亚尔佛莉德想要拥有的，是另一个身份，但她并没有说出口。独眼男子和少女自然而然地策马并肩，冲过深夜的战场。

这边暂且按下不表。且说特兰国王特克特米休身陷帕尔斯军铜墙铁壁般的重重包围，周身刀枪林立，竟无法突围脱身。卫兵也在混战中一再减少，目前仅剩十余人。正在此时，达鲁汉冲破了包围网的一角，赶到了国王身边。

"国王陛下，请快逃！此处就由臣达鲁汉来抵挡。"

猛将达鲁汉高声叫道。他全身仿佛被殷红的雨水浇透了一样，大剑的刀刃豁了口，连刀柄都凝满了红黑色的血痕。国王只从咽喉深处挤出了一句呻吟般的"抱歉"。达鲁汉那张沾满鲜血的脸浮起了笑容，随手丢掉了自己那柄已经派不上用场的大剑，伸出手，从国王腰间剑鞘中拔出长剑。

"容我借陛下佩剑一用。"

他放平剑身，拍了拍国王胯下坐骑的臀部。马儿一跃而起，迅速飞奔而去。达鲁汉遥望了一瞬间国王远去的背影，又重新转身，迎向敌人。

"吾名为达鲁汉，自认算得上特兰王国第一勇士。对实力有自信者，就尽管来取我首级，立下战功吧！"

达鲁汉一声大喝报上名去，脚下一踹马腹，向前便冲。敌阵中登时响起异样的声音，帕尔斯士兵纷纷跌落马下。狂风夹杂着鲜血，从草上往复掠过。抱着必死决心的达鲁汉勇猛无匹，连平素无畏的帕尔斯兵也心生惧意，不由得想要逃离特兰人那每闪过一次都播撒下死亡的巨剑。

突然，一个比黑夜更加幽暗的身影一跃出现在达鲁汉面前。夜风掀起他身后的斗篷，散发出不输给达鲁汉的血腥气息。

"是特兰王国的达鲁汉大人吗？"

"正是。来者何人？"

"在下乃帕尔斯的达龙。还望赐教！"

达鲁汉瞪大了双眼。

"喔，原来你就是四年前杀死伊尔特里休亲王之父的那个黑衣骑士？"

"您还记得此事，实在光荣之至。"

"我也颇感光荣。接招！"

二人用帕尔斯语交谈了寥寥数句，便同时催马上前，手中利刃一闪。这片夜色中的战场，对于这两位如此卓越的战士，实在算不上是最佳的交战舞台。四周漆黑不见五指，又没有一个观众，只有比他们更竭尽全力交战的人，以及大片大片落荒而逃的人。

黑暗中溅起一朵朵火花，回响起一连串利刃交击的金属声。

达鲁汉的头盔飞上了半空中，达龙的胸甲上也出现了几道裂痕。双方都身处黑暗之中，难以完全避开对方的斩击。大约交手了数十回合之后，两匹战马同时跃起，马鞍迎面撞在了一起。达鲁汉从极近距离刺出的一剑，掠过了达龙的左肩。两人的身体在黑暗中狠狠相撞，一同失去平衡，从马背上滚落。而缠斗依然没有停止。两人都用左手抓住对方的右手腕，在地面上的杂草和小石块之间来回翻滚。他们已经无法辨别耳边那激烈而粗重的喘息声，究竟是自己的，还是对方的。双方僵持了片刻，达龙用尽全身力气，甩开右手，举剑刺向对方的颈部。随着一声低沉的呻吟，温热的血登时溅上达龙的脸颊，达鲁汉巨大的身躯失去了力气。

特兰首屈一指的猛将，就此命丧黄泉。

达龙竭尽全力才站起身来，依旧喘着粗气。他垂直举起染着鲜血的长剑，对逝去的劲敌示以敬意。在他四周，方才还颇为激烈的战斗声响已经逐渐平息下去了。除却伊尔特里休、达鲁汉等极少数例外，绝大多数特兰军都已经被击溃，在鲜血和夜色之中逃之夭夭了。

几乎与达鲁汉结束他那顶天立地的戎马一生同时，随王太子亚尔斯兰和军师那尔撒斯一同待在阵中的耶拉姆，发现了一名倒在草地上的负伤者。

这名伤者正是特兰的将军吉姆沙。他的背上刺着两枝箭。那是他的同胞——特兰人的箭。

V

帕尔斯军凯旋归来，培沙华尔城中涌起了此起彼伏的欢呼声。特兰军的包围也解除了。不仅如此，还一面倒地击溃了他们，把以达鲁汉为首的数名名将送上了西天。现在他们可以重新投身于夺还王都叶克巴达那之战了。话说回来，这次的功勋簿上，又该给谁记下头功呢？

"今夜立下头功者，当属特斯。"

亚尔斯兰明确表示。在亚尔斯兰一行人再次抵达培沙华尔城后，特斯并未进入培沙华尔城内，一直在城外铺设陷阱，以待特兰军中计。他制造出大军行进过的迹象，伪造出野营痕迹，又放出流言，让一切看起来都宛如确有十万大军正在接近一般。当然，绝不能被敌人看透真相。特斯和两千名部下，为此付出了非比寻常的辛劳。不用说，特斯是没有机会取下敌军名将首级的。然而没能得到这种机会，却正是特斯的荣誉。达龙从与大厅相连的走廊上远远望着得到了王太子褒奖的特斯。他显得比特斯本人还要欣喜，对那尔撒斯说道："殿下做得真是太好了。重重奖赏像特斯这样脚踏实地付出努力的人，对士兵们也是一种激励。这就是身为一国之君的器量啊。"

"达龙，你只要提到殿下，不管是什么事情都能绝口称赞起来啊。"

"这很奇怪吗？"

"不，一点都不奇怪。"

说不奇怪是骗人的——那尔撒斯心中暗想，好友的反应着实异于常人。亚尔斯兰王子的做法的确非常出色。可是，倘若达龙是个徒有强大实力的心术不端之徒，又会作何反应呢？恐怕会态度强硬地表示"诛杀猛将达鲁汉的我，才该被记下头功。而今论功行赏我竟居于特斯之下，实在无法接受"吧。

"事实上，达龙对自己评价再高一些也无妨。不过，应该说谦逊就是他的优点吧？"

那尔撒斯清楚，好友的优点不仅仅是英勇善战而已。他向前迈出一步，凝视着好友的脸。

"对了，我马上要去见见那个顽固的特兰人，你要一起来吗？"

"不，我就不去了。我这种粗人在场，只是碍你的事罢了。"

达龙轻轻举起一只手，目送好友离去。夜晚的微风轻轻吹动着"战士中的战士"的斗篷，斜挂在天边的新月洒下细碎的银白色，令他不禁忆起了遥远的绢之国都城。新月之下，馥郁芬芳的牡丹园之中，遗失的恋情片段无声无息地从黑衣骑士心头滑落。达龙动了动嘴唇，从唇缝中漏出一段几乎不成声音的声音。

"虽然都说遗忘是诸神的慈悲……但眼下看来，诸神恐怕也不肯赐予我慈悲了。这都是不断杀戮积攒下来的罪孽。实在无可奈何……"

与达龙分开后，那尔撒斯穿过中庭，前往另一侧的某个房间去探望受伤的特兰人。吉姆沙俯卧在床上。他背上的绷带，是耶拉姆和亚尔佛莉德两个人合力帮他缠起来的。而耶拉姆和亚尔佛莉德现在正精神满满地站在床的两侧，摆出了一副与其说是看护病人，不如说是监视犯人的姿态。吉姆沙恨恨地呻吟起来。他已经不再装作不会帕尔斯语了。

"是帕尔斯的军师大人吗。请把这两个人撤下去。总觉得不知什么时候我就要被他们掐死，这样下去原本能治好的伤也治不好了。"

"什么啊，你这白眼狼。救了你的命，又帮你包扎伤口的，可是我们啊。"

亚尔佛莉德双手叉腰，对特兰人斥责道。

"没错，没错。"

耶拉姆极为罕见地附和着她。那尔撒斯见状苦笑了起来。

"算了，你觉得怎样比较轻松就怎样好了。对了，之前那件事，你决定好了吗，吉姆沙大人？"

"……我不知道。"

吉姆沙再次恨恨地大叫起来，表情由于牵动箭伤而扭曲了。

"那个叫亚尔斯兰的王子，不管怎么看，不都只是一个懦弱的老好人吗？论武勇，他远远比不上达龙大人和奇斯瓦特大人，论智谋，他万事全靠那尔撒斯大人。那个少年到底有什么优点啊？"

那尔撒斯再三劝说吉姆沙归降亚尔斯兰，而这些疑问，就是吉姆沙对此的回答。像亚尔斯兰这样，被能干的臣下衬托得存在感稀薄的人物，在特兰是绝不可能成为国王的。倘若不能一眼就给人留下勇猛强悍的印象，是无法君临于特兰人之上的。

那尔撒斯并没有直接回答对方这番疑问。

"你看到亚尔斯兰殿下肩头上停着一只鹰了吗？"

"看到了。那只鹰怎么了？"

"鸟儿不能永远在天空中飞翔，终归是要回到巢里的。你说对吗？"

"你是说，对有能力的臣下来说，王太子是一棵适合栖息的良木吗？"

吉姆沙一脸疑惑地反复咀嚼着那尔撒斯的这个比喻。帕尔斯的年轻军师扑哧一声笑了起来，对耶拉姆和亚尔佛莉德打了个暗号，让他们放松下来。这两个人的脸上清清楚楚写着，如果吉姆沙要朝那尔撒斯扑上去，就把他打倒，再重新给他缠一遍绷带。

"吉姆沙大人，主君也有各种各样的类型。仅凭表面的强悍，并不足以构成明君的资格。你好好回忆一下，特克特米休王是怎么对待你的。"

"……"

"耶拉姆、亚尔佛莉德，你们不用再盯着他了。外面开庆功宴了。你们尽量吃饱一点，然后睡个好觉吧。"

那尔撒斯转过身去，耶拉姆和亚尔佛莉德也跟在他身后两侧，一同离去。待到三人走后，受伤的特兰人便被独自一人留在房间里了。吉姆沙连自己都不知为何咂了咂舌，把脸深深埋进枕头里，陷入了沉思。反正伤势这么重，也逃不出去。虽然和鲁西达尼亚的王弟情况有所不同，但吉姆沙应该也有很多时间用于思考。

血腥的一夜过后，特兰军终于整顿好残兵败勇，在帕尔斯的东北国境处集结。特克特米休王看上去已经精疲力尽了。他对幸存下来的武将们宣布回国——他的本意是，既然多半没有胜算，不如先返回本国。而他话音未落，场上便猛然响起了反对的叫声。

"那么我们到底是为了什么才来到这里呢？才刚刚侵入帕尔斯境内，还什么都没有得到，不是吗？难道要将一万多具尸体留在异国他乡的荒野上，就这样徒劳地空着手无功而返吗？"

年轻的亲王伊尔特里休愤然大叫，特克特米休则沉默不语。直到前一天夜晚为止，他都绝不会允许臣下这样反驳自己，但是现在的他，却只给人一种有气无力的印象。

"我们索性和鲁西达尼亚人结为盟友，从东西两方一同夹击帕尔斯军，怎样？"

卡鲁鲁克将军如是提议道。特兰军中不乏大量勇者，但在外交以及国家大规模战略等领域，卡鲁鲁克稳坐第一把交椅。

亲王伊尔特里休目光锐利地盯着他。

"你说鲁西达尼亚？！"

"是的。他们和我们，有着帕尔斯这个共同的敌人。"

伊尔特里休皱了皱眉。

"他们那样的盟友信得过吗？我没有你那么熟悉别国的情况，可是，那不是一帮曾经公开宣称过'不需要遵守对异教徒的约定'的家伙吗？"

"亲王说得没错，不过他们应该也在寻求一种对帕尔斯作战的有利状况，有足以交涉的余地。最坏也不过就是失败，不妨姑且一试。"

"就试试看吧，卡鲁鲁克。"

国王沉默了片刻，终于开了口。伊尔特里休不情不愿地沉默了下去，卡鲁鲁克恭恭敬敬地施了一礼。

就这样，从西方和北方侵入帕尔斯境内的两国，各自心怀鬼胎，貌似要缔结下一种有些奇异的同盟关系了。

第五章　征马孤影

I

在帕尔斯军赶走了来自特兰的不速之客之后，又过了半天——另一位客人也渡过了国境之河，前来造访培沙华尔城。客人名叫拉杰特拉，是辛德拉第二位叫这个名字的国王，也是亚尔斯兰的一众幕僚非常熟悉的"老朋友"。亚尔斯兰亲自来到城门外，迎接客人入城。

"呀，亚尔斯兰殿下，您最近真是辛苦了。"

"托您的福没什么大碍。劳您专程赶来，真让我过意不去。"

亚尔斯兰的姿态太过谦逊，随侍他左右的诸将心中都有些焦躁不安，觉得大可不必对这等轻浮之辈如此恭敬。而拉杰特拉本人却面无一丝惭色，神采飞扬地摆了摆手。

"哪里哪里，作为朋友，担心您的安危是理所当然的事情。还请您不要在意。"

朋友这个词真让人笑掉大牙，世上再没有比你更恶劣的损友了吧——生性稳重严肃的奇斯瓦特，也仿佛忍无可忍般低声说道。大约是没有听到这句话，拉杰特拉一脸泰然自若地环视着帕尔斯众将。

"罢了，也用不着我担心。你这些忠实的部下，个个都能以一战百，绝不会轻易败给特兰军。既然如此，我也不愿贸然出手，窃取你们的胜利果实。总而言之，可喜可贺啊，哇哈哈哈！"

看到亚尔斯兰领着拉杰特拉去了客厅，帕尔斯一众将领在地板上狠狠跺着脚，七嘴八舌地骂了起来。

"哇哈哈什么啊。可喜可贺？可喜可贺的是那家伙脑壳里面的东西吧！"

"把朋友这个词挂在嘴边上的话，就做点朋友该做的事情啊。明明整天只会给我们找麻烦。"

"如果我军输了，那家伙肯定会朝特兰军摇尾献媚。他就是那种把羞耻心啊体面之类的美德都忘在娘胎里的人。"

众人你一言我一语，毫不留情。不可思议的是，居然没有一个人说"索性把那家伙杀掉吧"。事实上，倘若拉杰特拉不在人世了，他们也一定会感到寂寞吧。达龙等人过去也曾认真地有过一刀砍了拉杰特拉的冲动，现在却已经丝毫打不起这个念头了。

拉杰特拉被带进客厅，受到了热情款待。他看上去却显得略微有些失望，因为他没有看到美丽的法兰吉丝。美丽的女神官或许是觉得，已经有奇夫和克巴多了，连拉杰特拉都凑上来的话，简直要不胜其烦——便和耶拉姆还有亚尔佛莉德一同出城狩猎了。就像是在主张"没有美女的话就专注于美餐"一样，拉杰特拉的手匆忙地往返于桌面和嘴边，连亚尔斯兰的那杯酒都一起喝掉了。酒足饭饱之后，拉杰特拉大概是为了表达感谢，便对比自己年少十岁的友人进行了一番语重心长的忠告。

"说起来，有一件事我很担心，亚尔斯兰殿下最好也要小心一点。鲁西达尼亚和特兰这两个反派国家，很有可能凭借着与帕尔斯为敌这个共通点，勾结起来狼狈为奸。"

随侍在王太子身旁的那尔撒斯压抑住惊讶的表情，注视着拉杰特拉的侧脸。这个年轻的国王厚颜无耻又轻佻，但绝不是个笨蛋。只要事不关己，他便能够极其准确地掌握状况。只是，一旦涉及自己的利益，立即就会判断失常，大概是因为他心中怀有太多邪念了。

"罢了，不管怎样，接下来只怕是免不了一番辛苦了，加油吧。亚尔斯兰殿下，我会一直声援你，不惜余力为你提供支持的。毕竟我们是好友，是真心兄弟啊。"

拉杰特拉慷慨地表达完温暖的友情，便匆匆打道回府了。恐怕是担心待得太久，万一被要求对具体的援助方案作出承诺，就要伤脑筋了。

闲话休提。且说奇夫和克巴多，乃是亚尔斯兰阵营宝贵的情报来源。亚尔斯兰、那尔撒斯、达龙等人能够得知近期一两个月来在帕尔斯国内发生的各种事件，全拜二人所赐。即使是那尔撒斯和达龙，听了发生在魔山迪马邦特的奇异事件，也不免大为惊诧。

"席尔梅斯王子竟然想把宝剑鲁克奈巴特从英雄王的坟墓中

挖出来吗？"

"那尔撒斯，你对此有何看法？"

"达龙啊，我看席尔梅斯王子也开始着急了。事情总是不按自己的期望进展，最近的鲁西达尼亚军又无精打采，才想到来借助宝剑的威光吧。当然……"

那尔撒斯用手指托着下巴，轻声说道。

"说不定是有谁在怂恿席尔梅斯王子这样做。他是一个好强的人，我不觉得他从一开始就打算全靠宝剑的力量……"

他没有继续说下去。席尔梅斯王子、鲁西达尼亚军、特兰军、外加帕尔斯国内的旧势力，像亚尔斯兰王子这般温和宽厚，却树敌如此之多的人物，世间少有。但与此同时，能让达龙这等人才，肯心甘情愿地倾尽全力尽忠于他的素质，纵观世间，亦极其罕见。

在众多劲敌之中，最大的威胁恐怕还要数安德拉寇拉斯王吧。一旦安德拉寇拉斯王坐回国王宝座上，亚尔斯兰的地位和理想又将受到何等对待呢。或许，救出了父王，反而会使亚尔斯兰自己对国内进行改革的理想遭到阻挠。这是一个巨大的矛盾，不是仅凭正义之战就能够解决的。

随着在战斗中一次次取胜，更大、更棘手的障碍也在一步步朝着亚尔斯兰逼近。亚尔斯兰王子应该已经认识到这个残酷的事实了。一想到年仅十四岁的少年竟然肩负着如此沉重的负担，那尔撒斯便不得不相信，亚尔斯兰乍看上去纤细脆弱，却有某些极其顽强的东西深深根植在他的内心之中。

　　一年前，广为人知的盗贼一族轴德族族长哈尔达修惨死于
席尔梅斯刀下。他的儿子梅鲁连前去寻找妹妹，在路上遇到了
失去祖国的马尔亚姆内亲王伊莉娜公主，就此与她同行。一行
人之中，只有梅鲁连一人骑着马，内亲王乘着轿子，其他人皆为
徒步。

　　先前那场巨大的地震，使眼盲的内亲王伊莉娜受到了一番
惊吓。

　　"马尔亚姆也曾发生过地震。但是这么大的地震，我还是第
一次遇到。"

　　"我也是第一次。"

　　梅鲁连的回答颇为冷漠，但并不是出于对对方的不满。他对
谁都是这副冷淡无礼的态度。

　　"内亲王殿下怕是有些累了吧？"

　　问题有些突兀，却是他关心对方的表现。"没关系。"伊莉娜
内亲王静静地笑着答道。代眼盲的内亲王引领一行人的女官长乔
邦娜，微微有些不满地问轴德族的年轻人："说起来，我们究竟
什么时候才能抵达叶克巴达那呢？"

　　"那要看你们的脚程了。"

　　毕竟没有坐骑，也有些无可奈何，但这些马尔亚姆宫人的脚
步之慢，只怕连乌龟都要嘲笑他们。梅鲁连心中暗忖，别说秋

天，说不定要到冬天，才能再次见到那个叫席尔梅斯的人了。但是现实轻而易举地否定了他的预感。

四十名左右帕尔斯骑士从他们身后，也就是东方飞奔而来。马尔亚姆人靠近路旁把路让开，让他们先过去。

这支骑兵队对慢吞吞徒步前进的一行人视若不见，马蹄扬起沙尘，一语不发地从他们身边经过，似乎连说句话的时间都舍不得。梅鲁连却无法保持沉默了。他扬起像鸟儿般锐利的视线，一下就在四十余名身披铠甲的骑士之中，发现了一名戴着银色面具的男子。

"喂，等一下，请稍等一下！"

梅鲁连大张的嘴巴里，吸进了骑兵队扬起的沙尘。他被呛得咳嗽了起来，不愉快地吐了口唾沫，一脸不服输地瞪着正疾驰而去的骑兵队，默默地从箭筒里拔出一支带有黑色羽毛的箭，搭在弦上。他迅速找准角度，一箭射向空中。弓弦在盛夏的蓝天下，仿佛波涛般鸣响。

骑兵队恐怕也是大吃一惊。一支箭从天而降，击中了一名骑士的头盔，又发出清脆的声响弹了起来。梅鲁连完美地算准了距离和弓势才射出这一箭，为的便是阻止骑兵队继续前进。

十余名骑兵立即朝马尔亚姆一行人奔了过来，其余人则略慢一点紧随其后。他们用充满怒气和敌意的声音，痛斥着梅鲁连的无礼，轴德族的年轻人却若无其事地说：

"不是你们对我们恭敬有礼的呼唤充耳不闻的吗？"

"脸皮别太厚了，我们凭什么要被你叫住啊！"

"算了，这种事无所谓了。走在你们队首的那位，是席尔梅斯王子吗？"

听到这个名字，骑兵们脸上瞬间浮起一片骇人的紧张之情。一种近似于杀气的尖锐气氛弥漫在空气之中。

"你是什么人？为什么会说出这个名字？"

一名体格比梅鲁连魁梧壮硕颇多的年轻人咆哮般质问道。此人正是万骑长卡兰之子查迪，梅鲁连当然不认识他。他无视了查迪的过度反应，只顾凝视着缓缓走近的银面具男子。

"我们是马尔亚姆的公主、伊莉娜内亲王手下的人。正在寻找一位名叫席尔梅斯的大人。您可知悉他的所在？"

戴银面具的男子沉默了一瞬，随即冷冷答道：

"不知道。"

"只要见一下伊莉娜公主就明白了。见过公主之后再给我答复吧。"

"我都说过我不知道了。不管你是哪里的草民，别对我用命令的口气说话。"

这种妄自尊大的态度，令梅鲁连产生了逆反心理。他抿紧嘴唇，瞪着银面具。以查迪为首的骑士们，都把手搭上了剑柄。平时梅鲁连的表情总显得比实际危险，但这一刻，他心中的确抱着危险的念头。这个银面具，居然将这个自尊心颇高，连国王都毫不畏惧的轴德族年轻人称作草民。这种无礼理应受到惩罚。

"这不是席尔梅斯大人吗？"

仿佛轻风摇曳一般的声音，飘进了剑拔弩张的两名男子之间。轿子不知何时被放了下来，伊莉娜内亲王牵着女官长的手，摇摇欲坠般缓缓走了过来。以查迪为首的骑士们，一时也似乎不知该如何是好，只是呆呆地注视着内亲王。眼盲的公主微微提高了声音，呼吸也变得粗重了起来。

"是席尔梅斯殿下吧，对吧？"

"我不懂你在说什么。"

席尔梅斯的回答简短而冰冷，却没能完全掩藏住声音中蕴含着的些微动摇。

……曾有过这样一段画面。十几年前，伊莉娜住在马尔亚姆的一座离宫中疗养眼疾。一定要说的话，那座离宫更接近于一个用于隔离累赘的地方。明白自己的双眼已经无药可医，伊莉娜陷入了绝望，但隔着紧闭的眼睑，她仍然能够判断光线的明暗推移。某个傍晚，伊莉娜正独自一人在花园中摘花，发现有人就站在自己身边。耳畔传来一个犹犹豫豫的声音，听起来是一名少年。

"……你的眼睛看不见吗。那么，你又为什么要摘花呢？"

"就算眼睛看不见，我还是能闻得到花香。"

半张脸被火烧伤的少年，仿佛不知该如何是好一般，看看少女，又看看鲜花。过了片刻，他尽可能温柔地牵起少女的手，让她拈起花茎。他用笨拙的语调，向少女描述道："这种花好像叫做泽利亚。它有五枚花瓣，花瓣的边缘是蓝紫色的，自外向内逐渐变成白色。花瓣的形状……就算说了你也不明白，来，你摸摸看吧。"

接下来，少年的语气一直都有些气冲冲的，但他仔仔细细地向伊莉娜描述了花朵、树木、鸟儿、天空中飘过的云彩的样子。以及自己被赶出邻国、正在悄悄等待时机以期东山再起的事。虽然是伊莉娜缠着这个沉默寡言的少年，要他讲给自己听的。

不久后，少年的身影便从离宫中消失了，马尔亚姆国王拒绝让他继续留在国内。

伊莉娜想起了父王曾说过的话——"万万不可卷入邻国的纷争之中"。她知道自己再也见不到那名少年了，只得失落地返回自己的房间，推开屋门，却闻到一股馥郁芬芳的花香扑面而来。原来少年在离宫的庭院中摘了许多花放进她的房间，做为离别的赠礼。笼罩在花香之中，忆起少年的思恋之情，泪珠从伊莉娜失明的双眼中簌簌落下。

"席尔梅斯大人，您都不记得了吗？"

"我已经说过我不知道了！"

银面具刻意加重了语气。

"那种温柔善良的男人，在这种残酷的乱世里是不可能活下去的，现在只怕已经暴尸在哪片荒野上了吧。无论如何，都和我没有一丝一毫的关系。"

银色的面具映照着盛夏的斜阳，闪着时而锐利时而微弱的光芒。梅鲁连冷冷地看着那副银面具，当然面具下面的表情他自然是看不到的。他想起，之前遇到的那个名叫克巴多的人说过，席尔梅斯脸上有着严重的烧伤疤痕。不仅如此，这个男人一定是不喜欢被人看到自己脸上的表情吧？梅鲁连心想。

席尔梅斯抛下一句"与我毫无关系"，便掉转了马头。查迪略带犹豫地问道：

"殿下，这样好吗，那位……"

"不要多嘴。"

从银色面具背后透出的声音虽然盛气凌人，却带着微微的一丝动摇。马蹄声渐渐加快，盖过了他的声音。

"现在还没能夺回王位，有什么脸见伊莉娜殿下……"

席尔梅斯没有把这个念头说出口。他刻意让马儿加快了步伐，脱口而出的却是另一句话。

"今后再来碍手碍脚的也有点麻烦。你去告诉那些人，王都叶克巴达那已经被鲁西达尼亚军占领了，还珍惜性命的话就不要靠近。"

"是，遵命。"

查迪行了一礼，独自掉转马头，朝马尔亚姆一行人疾驰而去。席尔梅斯没有再回头。银色的面具沐浴着落日的余晖，扬鞭催马奔向西方。四十名骑士紧随其后，抛下徒步前进的马尔亚姆人一行，继续赶路。

查迪魁梧的背影也追在银面具一行人后面渐行渐远了。梅鲁连眺望着他的背影，不由得发起愁来，今后究竟该怎么办呢。他凝视着远去的银面具一行人，久久不曾移开视线，因为他不知道该用怎样的表情去面对伊莉娜内亲王。

由于席尔梅斯从这条路上经过，一场相遇得以上演，另一场相遇却失去了登场的机会，就此永远消失在历史长河之中。

如果那场相遇得以实现，血腥而又无可挽回的憎恶与怨恨定然会随之而来。地震引发的落石堵住了某条连接叶克巴达那和培沙华尔的路，在帕尔斯王室的家系图上身为叔侄的席尔梅斯和安德拉寇拉斯二人因而失去了碰面的机会。

II

"对列国之王而言，这实在是多灾多难的一年。"

在帕尔斯年代记中，对帕尔斯历三二一年这一年，有着这样的记述。

惨遭大败，士气低落的特兰军，在距培沙华尔城十法尔桑（约五十公里）的北方荒野上安营扎寨。他们的粮食已经所剩无几了。特兰军历来就不甚重视补给，短期决战和掠夺乃是他们的作战特征。

卡鲁克已经做好了出发前去与鲁西达尼亚军进行交涉的准备，但有人提出了"空手前往只会让鲁西达尼亚军抓住弱点加以利用"的意见，因此迟迟未能成行。而这个意见便是亲王伊尔特里休提出的。

六月十五日傍晚，当营地的草原被夕阳染上殷红的时刻，亲王伊尔特里休来到国王面前进行谈判。

"国王陛下，臣有一言敬上，望陛下恩准。"

特克特米休王面有愠色地瞪着亲王。最近几天，伊尔特里休的强硬态度令国王感到颇为不悦。

"你想说什么？"

"想必您也明白，陛下，再继续这样下去，特兰军的雄心壮志将烟消云散，化作一盘让人目不忍睹的散沙了。而您又准备如何尽到您作为一国之君的责任呢？"

夕阳映照在伊尔特里休的眼中，仿佛他的整双眼睛都熊熊燃烧着血色的烈焰。似乎被他的气势所震慑，国王移开视线，虚张声势地说道："你在小题大做什么。就只为这种事特意……"

话音未落，一道寒光从国王的视野边缘闪过，瞬间绽开一片鲜红，剧痛化作一根粗重的棍棒，贯穿了特克特米休的腹腔。特克特米休猛地瞪圆了双眼，看着刺在自己身上的剑，以及剑的主人。

"伊尔特里休，你……你要干什么……！"

"我只是在模仿您而已。一国之君只要稍有不足以胜任君王之处，便应由他人凭实力夺取宝座。"

亲王的嘴唇扭曲了。

"您在即位之前，就是这样说的。而您是不是该对自己所说过的话负起责任呢，'先王'陛下？"

口吐嘲讽之言的同时，伊尔特里休将手中刺进国王腹部的剑一转，随即不顾国王的厉声惨叫，拔出了剑。鲜血喷涌而出，仿佛装满葡萄酒的皮袋迸裂开来。特克特米休踉跄了一下，仿佛被一只看不见的手支撑着，在原地呆立了几秒，身体一扭，便倒在了血泊之中。

呆若木鸡的众将这才纷纷惊叫起来，抬手搭上剑柄。伊尔特里休朝他们逐个瞪过去，提高声音叫道："诸位大人如有异议，请尽管讲！只是，我先把话说在前面。刚才我杀掉的这个男人，算得上一个合格的国王吗？"

伊尔特里休激烈的气势压倒了正欲拔剑的众将。他将染满鲜血的长剑狠狠刺在地面上，再度提高了声音。

"接连不断地杀死王族成员，自己坐上王位，到此为止还无可厚非。可是最近几天，他的所作所为又如何呢？仅仅吃了一次败仗，就好像被抽掉了脊梁骨，甚至无法果断地做出决定。诚然，此次败战我也心有不甘，然而既然无法保持常胜不败，又怎能没有忍辱负重、筹策复仇的顽强！而倒在这里的这个人……"

伊尔特里休终于毫不客气地称呼起自己刚刚弑杀的人。

"就算这个人曾经拥有过强大的力量，当他坐上王位的瞬间，他也已经将力量完全耗尽了。现在的他，不过是一具徒有虚势的行尸走肉而已。在特兰的历史上，从没有过一具行尸走肉能够坐稳国王宝座。"

落日和鲜血将亲王伊尔特里休全身上下染满了绯红。众将都慑于他的气势，连大气也不敢出一口。迪撒布罗斯将军在人群中呻吟般地质问道——若说特克特米休没有当国王的资格，那么亲王伊尔特里休就有这样的资格吗？听闻此言，伊尔特里休昂首挺胸答道："我乃是上上代国王之侄，若论王室血统的正统，当数我更胜一筹。"

"亲王血统之纯正，我们早已知悉。但除此之外，你是否还有弑君的正当理由？"

"特克特米休那些未曾兑现的承诺，就由我悉数为各位兑现。我将把帕尔斯、辛德拉两国的财宝物资带回王都沙曼岗，分给那些苦苦等待我们归来的女人。让特兰的凶神之名，响彻大陆公路列国。"

伊尔特里休从地面上拔起那柄弑君所用的长剑，再次瞪向被他气势所震慑的众将。

"谁有异议，便报上名来！先王之威已被我仗剑击破。还有人想试试同样用剑来否定我伊尔特里休吗？"

没有一个人站出来。亲王的视线从众将脸上扫过，宛如被人出声命令一般，众将接二连三地屈膝下拜，默默地承认了伊尔特里休的权威。

特兰人推举出了新的国王。一个对帕尔斯更加危险的邻国国王就这样诞生了。

当特兰国王特克特米休这边上演了一场鲜血淋漓的退场时，鲁西达尼亚国王伊诺肯迪斯七世身边，又发生了些什么事情呢？

在六月十五日这一天，化名为见习骑士爱特瓦鲁的少女艾丝特尔，终于走进了帕尔斯王都叶克巴达那的城门。此时，亚尔斯兰分给她的食物和医药品都已经所剩无几了。但即使如此，这名未满十五岁的少女依然保护着一众伤员和患者，成功抵达了目的地。绷紧的神经一下放松了下来，她险些软倒在地站不起来。然而，仍有一些事情需要她去做。稍事休息后，艾丝特尔便让牛车上的一行人等在城内的广场上，自己前去与官员们交涉。

"我叫爱特瓦鲁，曾承蒙巴鲁卡西翁伯爵大人关照。此番我从圣马奴耶尔城携一众伤患及幼儿前来此处，只望您能赐予他们一个栖身之处。"

她四处奔走呼吁，然而没有一个人理睬她——时间实在是太不凑巧了。鲁西达尼亚全军正面临生死存亡的危机，所有人都慌慌张张地东奔西走，丝毫无暇顾及这些累赘的伤病者。

倘若那个有着"高洁骑士"美誉的蒙菲拉特将军闲着无事可做的话，他或许还会为艾丝特尔一行人作出一番妥善安排。怎奈此时此刻，蒙菲拉特恐怕已经成了世上最忙碌的鲁西达尼亚人。吉斯卡尔身体尚未完全康复，只能在病床上做出各种政治、军事指示，而赶赴各地直接进行现场指挥的重任，就落在了蒙菲拉特和波德旺的肩上。帕尔斯军的脚步，已经近在咫尺了。

艾丝特尔一下手足无措了起来。费尽千辛万苦才抵达王都，却不知该向谁寻求援助。之前与帕尔斯军同行时，处处都受到那个叫法兰吉丝的异教女神官以及叫亚尔佛莉德的盗贼少女的照顾，从未为食物和医药品发过愁。现在怎会变成这样？回到了同胞们的身边，却瞬间失去了援手。

原本，她还可以去向圣职者求助，但自从波坦大主教逃亡后，留在王都的圣职者便日渐低调下去，不再在大庭广众之下抛头露面。艾丝特尔连一根救命稻草都抓不到了。

在帕尔斯王宫又吃了一顿闭门羹，束手无策的艾丝特尔绕去了王宫的后面。在鲁西达尼亚军入侵后，这一带一直没有得到过修缮，依然是一片荒废。草木杂乱地丛生着，令人不快的嗡嗡声此起彼伏，似乎是蚊虫在这里建起了小小的王宫。艾丝特尔正欲转身离去，却停下了脚步。

她听到有谁正在用走了调的声音，诵唱着自己曾在寺院中学过的依亚尔达波特神赞歌。歌声是从上方传来的。艾丝特尔抬头望去，只见一名看上去似乎有些散漫的中年男子，正站在一栋年久失修的建筑物二楼敞开的窗边，俯视着她。莫非是个疯子？艾丝特尔心想——但那人的面孔却唤醒了她的记忆。过去，她曾从远处遥望过一次这张面孔。艾丝特尔屏住了呼吸，出声问道："莫非您就是国王陛下？"

"嗯，嗯，我就是你们的国王，同时也是神在人世间的代理者。"

听到这番煞有介事的自我介绍，艾丝特尔慌忙屈膝跪在窗下。这是一个绝好的机会，可以直接向国王陛下禀报一切了。艾丝特尔立即向面色苍白的伊诺肯迪斯七世报上自己的姓名和身份，并向他讲述了事情的来龙去脉。国王热情地听着她的叙述。

"是吗，是吗，你保护了我们的同胞，免遭那些如恶鬼一般的异教徒伤害吗？做得太好了。你虽然年纪尚幼，内心却已经成长为一个独当一面的骑士了。"

"不敢当。"

艾丝特尔心中对"如恶鬼一般的异教徒"这种说法略微有些抗拒。这是一种连她自己都难以理解的感情。就算不理解也没有关系，她心想。就算是对异教徒，她也想尽量公正地加以评价。毕竟他们曾经悉心照料过那些伤患和幼儿。

"明天我就正式册封你为骑士。若你愿意，也可以任命你担任我的近侍。你的确有这样的价值。"

"实在感激不尽。不过，国王陛下，我个人的待遇不值一提，只求陛下为那些无处栖身的病人和孤儿赐下圣恩。"

艾丝特尔低下头去。她觉得国王陛下真是一个好人。自从她来到叶克巴达那之后，还是第一次有人温柔地用鲁西达尼亚语安慰她。

但她来不及反复回味这份感动了。一阵声响从背后传来，那是铠甲和军靴发出的声音——紧接着便是粗鲁的怒吼。

"喂，你在这种地方干什么！"

艾丝特尔站起身来，三名全副武装的剽悍骑士映入了她的眼帘。

"这不是你该来的地方。念你年纪还小，就不多加追究了，立刻离开这里！"

"为什么？我身为臣下，难道不能觐见国王陛下吗？"

"国王陛下圣体欠安，才一直待在病房里，又怎能容你打扰？"

目前暂且让国王陛下安心静养，一切国政皆由王弟吉斯卡尔公爵执掌——骑士们这样告诉艾丝特尔。

"那么，可以让我见一见王弟殿下吗？"

"你在恬不知耻地说些什么？王弟殿下才没有时间。给我有点自知之明，无礼之徒！"

在安德拉寇拉斯越狱事件前后，国王伊诺肯迪斯七世已经彻底失去了人心。而这一刻，骑士们对国王的愤怒和轻蔑，也牵连到了艾丝特尔。

"不准再靠近这一带。好不容易才捡回这条小命，下次可就要彻底丢掉了喔！"

虽然艾丝特尔并不畏惧威胁，但她仍然不得不离开此处。以她一人之力，是无法与三名全副武装的悍勇骑士相抗的。倘若艾丝特尔有个三长两短，就没有人可以保护那些被从圣马奴耶尔城带来的伤患和孤儿了。这种时候只能尽量息事宁人，即使是生性刚烈的艾丝特尔，也不能仅凭感情行事。

"抱歉打扰了。我就依照你们所说，不再接近这一带了。"

艾丝特尔忍住不甘之情点了点头，转身离去。走了几步，身后传来伊诺肯迪斯七世的大叫声。

"少年啊，我一定会封你为骑士，我永远都不会忘记你那高贵的心！"

被认作少年令艾丝特尔有些沮丧，但这番话依然令她感激不尽。她正要回过头去，却被人从背后抓住肩膀，用力一推。身为见习骑士的少女就这样滚出门外，跌倒在地。她爬起身来，回头望去，只见厚重的宫门在她眼前轰然关闭。

原来是宫廷政变！王弟殿下将国王陛下软禁起来，彻底独掌了大权——艾丝特尔恍然大悟。这个瞬间，勇敢的少女心中浮现了一个过于勇敢的计划。她要救出可怜的国王陛下。

艾丝特尔心中也有着很现实的考量。若能救出国王陛下，自己带来的那些伤患者或许就会得到悉心照顾。顺便连自己也能被册封为骑士的话，便更是光荣至极了。

可是话说回来，连那些信仰异教的帕尔斯人，都对生病负伤的鲁西达尼亚人伸出了援手，信奉同一位神明的同胞们却如此冷漠，这又该怎样形容呢？艾丝特尔不禁陷入了沉思。

不过，她也不能一直沉溺在自己的思绪之中。在救出国王陛下之前，她必须先保护好与自己同行的那些人才行。

艾丝特尔加快了脚步。绕过熙熙攘攘挤满了帕尔斯人和鲁西达尼亚士兵的街道转角时，她突然想起一件事。亚尔斯兰，那个瞳色仿若清澈夜空的异国王子，在临别时曾对她说道："如果真的遇到了困难，就拆下牛车右前轮的车轴看一眼。我想那会对你们有些许帮助。"

不知不觉间，艾丝特尔全速奔跑了起来。那些只剩她可以依靠了的伤患和幼儿，正忐忑不安地坐在牛车上，等待着她的归来。她朝他们挤出一个笑容，告诉他们什么都不用担心，随即俯下身去检查牛车的右前轮。扭开车轴的金属活栓，她看到细长的空隙中塞着一个羊皮袋。她将羊皮袋拽了出来，发现沉甸甸的重量从手上传来。

　　凝视着手心中滚落的帕尔斯金币、银币，艾丝特尔一句话都说不出来。她知道，只要自己一开口，一定会失声痛哭。

III

　　六月十六日，云层之间的太阳即将向大地洒下第一道光芒之时，培沙华尔城头上的士兵们平安结束了夜间巡逻，打着大大的哈欠，正准备与下一班同伴交接。突然，一个人伸手指着西方的平原大叫起来。一群人骑在马上，簇拥着一辆马车，正沿着大路渐渐接近培沙华尔。这一行人看上去也不像攻城的敌军，士兵们满心疑惑地注视着他们，其中最年长的一人惊讶地大叫了起来。

　　"那是国王。是安德拉寇拉斯陛下来了……！"

　　帕尔斯王安德拉寇拉斯三世的身影，就这样出现在了培沙华尔城下。

"父王……"

亚尔斯兰跪在中庭的石板地面上，迎接国王夫妻一行人到来，口中支支吾吾不知该说些什么好。自从去年秋天在亚特罗帕提尼战场上与父母失散，隔了八个月才迎来了这次重逢。亚尔斯兰陷入了混乱，无法判断该怎样才好，总之便先跪下向他们请安。

"您平安无事真是太好了。自从亚特罗帕提尼一别之后，儿臣一直担心着父王的安危。对母后也……"

亚尔斯兰远远望向仍坐在马车上的王妃泰巴美奈，但王妃却毫无反应。

"王妃现在很累。我也累了。先去准备寝室，待到午后再和你详谈。"

安德拉寇拉斯只顾提完要求，便翻身下马。他的姿态神色与他自己所说的正相反，几乎看不出长途逃亡后的旅途劳顿。总之，亚尔斯兰吩咐中书令鲁项去接待父母及其所率的一行人。事态的发展完全出乎意料，亚尔斯兰的部下个个都难掩一脸困惑之情。

鲁项带领国王夫妻去了宫殿，亚尔斯兰的部下便齐聚一室，讨论了起来。奇夫对今后的状况提出了质询。

"……如此一来，事态又会如何发展呢？会由国王和王太子构成双头政治吗，达龙？"

"不，不会变成那样。如果是两位地位对等的王子，或许还能另当别论，国王是绝不可能将权势分给他人的。"

"哼，'人世间唯有一位国王'吗？"

奇夫信口吟诵起《凯·霍斯洛武勋诗摘录》中的一句著名台词。

"就是说，亚尔斯兰殿下必须把兵权交还给自己的父王了吗？"

"那当然了。"

"说是当然……可是迄今为止率军奋战的都是亚尔斯兰殿下吧？就算国王突然冒出来，要殿下把军队交给他……"

这不就像是横刀夺取他人辛苦捕获的猎物吗？奇夫毫不留情。他生性原本就桀骜不驯，更是丝毫不把身为廷臣的礼仪放在心上。

达龙轻声自语道："只怕许多人都要被夹在中间，左右为难了。最坏的情况下，帕尔斯将会就此陷入分裂。"

若情况演变成那样，也就顾不得与鲁西达尼亚或特兰交战了，帕尔斯自身能否作为一个王国继续存在都要成为问题了。

那尔撒斯一语不发地陷入了沉思。

此次事出意外，那尔撒斯也大吃了一惊。这本是他所做出的一系列预测之中可能性最低的一种，如今却成为了现实。看来他是太低估安德拉寇拉斯王的潜力了。最不妙的是，他原本想借由救出安德拉寇拉斯王，让亚尔斯兰说话的分量得到大幅提升，如今这个计划却落空了。实在是太不妙了。即使国王对众人说"我是靠自己的力量逃出来的。没有必要听取王太子的意见"，他们也无从反驳。

法兰吉丝、耶拉姆、加斯旺德担心地看着亚尔斯兰独自伫立在走廊上的背影。大鹰告死天使停在王太子的左肩上。

从刚才开始，亚尔斯兰就一句话都没有说过。他明白应该对担心着自己的部下们说些什么，但他不知道究竟该说些什么才好。他曾经也想过，总有一天要面对这样的事情，只是这一天来得未免也太快了。亚尔斯兰还没有做好心理准备。他一直以为，至少也要先收复叶克巴达那，再好好考虑这件事。

虽然没有任何人能够保证，他一定能在夺回叶克巴达那之前做好心理准备，但他的确还需要一些时间。而偏偏就在他正要重整兵力，踏上夺回王都的征途时，父王却逃出了敌人的魔爪，千里迢迢来到了培沙华尔。

"对了，法兰吉丝小姐，可以让我听听你的想法吗？"

法兰吉丝冷冷回望着奇夫那意味深长的表情。

"我从来不知道，你竟然还会在意别人的想法啊。"

她挖苦了一句奇夫，随即说出了自己的想法。

"我会跟随亚尔斯兰殿下。倘若我在这种时候离开殿下身旁，上一代女神官长一定会化作厉鬼来诅咒我。比起国王的怒火，我更害怕死者的诅咒。"

"不愧是我的法兰吉丝小姐，说出的话不仅正确，而且实在是妙啊。"

"我可不知道'你的'法兰吉丝在想什么。我只是依照自己的想法去行动而已。倒是你又有何打算呢？"

奇夫兀自无视了美貌女神官的前半句话，清楚地表明了自己的立场。

"我对那个安德拉寇拉斯王没有任何情分可讲。"

奇夫斩钉截铁地断言道。原本可以言尽于此的，但他总是改不掉喜欢再多说一句的恶趣味。

"如果王太子和国王决裂，起兵相抗，我会二话不说投奔到王太子的旗下。"

听闻此言，耶拉姆慌忙又向亚尔斯兰的背影望去，但亚尔斯兰正深深陷入自己的思绪，完全没有听到奇夫在说什么，连身体都没有动过一下。

"你与其说是述说自己的意见，不如说是更期待看到国王陛下与王太子殿下决裂吧？"

女神官定睛注视着这个不守本分的发言者。

"喔，你听出了这层含义吗？"

"除此之外听不出其他含义。"

法兰吉丝如是断言道。但她并未把奇夫这番话评价为不像话、大逆不道。

这时，加斯旺德第一次开口说道：

"我离开祖国辛德拉，千里迢迢来到异国他乡，全是因为欠了亚尔斯兰殿下三份人情。在还清这三份人情之前，我是不会离开殿下身边的。"

"原来如此，原来如此，那你就好好加油吧。"

奇夫轻描淡写地接下了话头。突然，他皱起了漂亮的眉头，在心中默默想道："……可是再怎么看，那都不像是一个母亲看着自己孩子的眼神啊。"

与王妃泰巴美奈以令人啼笑皆非的方式重逢时，奇夫脑海中浮现了这样的印象。此刻他再度忆起此事，却终究还是没能说出口来。

年仅十四岁的少年必须做出决断了。他应该服从于自己的父亲，乖乖交还兵权吗？若是那样做，帕尔斯应该就能免于分裂了。可是，安德拉寇拉斯王绝不可能像亚尔斯兰那样释放奴隶，对帕尔斯的传统社会构造加以变革。也就是说，安德拉寇拉斯横刀挡在了亚尔斯兰实现理想的路上。

而且，亚尔斯兰的心中还产生了一种自卑感。他最终没能亲手救出父王和母后，国王夫妻是靠自己的力量逃出囹圄的。他没能尽到作为王太子的责任，也没尽到为人子女的本分。他原本是想在达龙、那尔撒斯以及其余众人的帮助下，竭尽全力奋发图强的，但现在就算被人指责"努力了也只能做到这样吗"也无法反驳。身为英雄王凯·霍斯洛的子孙，这实在是太没出息了。

告死天使低低啼了一声，探头注视着没有翅膀的朋友的脸。它在担心着亚尔斯兰。亚尔斯兰挤出一个笑脸，轻轻抚摸着朋友的羽毛。

"告死天使，让你担心了，抱歉。给你的主人也添麻烦了。"

亚尔斯兰胸口一阵抽痛。明明自己没有一丝恶意，为什么会害得身边的人们困扰到这种程度呢。

莫非真的因为自己不是父母的亲生儿子吗？一旦碰触到这个不该有的念头，亚尔斯兰就感觉到，自己仿佛沉入了幽深昏暗的井底。

IV

与亚尔斯兰不同，安德拉寇拉斯没有一丝困惑。他精力充沛，行动积极，仿佛就像要弥补亚特罗帕提尼败战之后八个月以来权力与权威的空白一样。短短地睡了一觉之后，安德拉寇拉斯首先召见中书令鲁项，命他对政务进行了一番全面汇报，随后便召来万骑长奇斯瓦特。

看到前来觐见的"双刃将军"肩上没有停着那对名声不亚于双刃的雄鹰，安德拉寇拉斯不由分说劈头质问道：

"奇斯瓦特，你究竟是亚尔斯兰的私臣，还是帕尔斯的国臣？"

听到如此武断的质问，奇斯瓦特不禁心生不悦。这根本不像是一个有胸襟气度的一国之君该问出的问题。话虽如此，他却不能不作出回答。

"臣当然世世代代都是帕尔斯的国民，也是国王的廷臣。臣从未忘记过自己的立场。"

"那么还不下跪！你唯一该跪拜的人就在这里。吾名为安德拉寇拉斯，乃是英雄王凯·霍斯洛之后嗣，君临帕尔斯的唯一国王。"

仿若一声炸雷当头击下，"双刃将军"奇斯瓦特单膝屈下，恭恭敬敬地对国王行了一礼。奇斯瓦特生性本与怯懦或卑下等形容词相距甚远，但他终究是世代将门出身，家教早把对国王的服从刻入他的血脉之中，更是绝无可能像达龙或那尔撒斯那样惹怒安德拉寇拉斯王，或在政治上与国王意见对立。

在形式上，王太子不过是国王的代理人罢了。一旦安德拉寇拉斯重新坐回王位，亚尔斯兰王子的存在原本并不会成为问题。明知事实如此，奇斯瓦特却陷入了深深的困惑，难以自拔。在这半年间，对王太子个人的忠诚心已经在他心底逐渐生根发芽，他甚至通过两只鹰——告死天使和告命天使与王太子产生了心灵的交流。

但是，此时此刻，奇斯瓦特只好摒弃多余的私心杂念，把自己放在世代朝臣的位置上。

太阳即将西沉时，国王安德拉寇拉斯将一干文臣武将召至阅兵广场。职位高于百骑长的人均应召而来，跪在石板地面上。王太子亚尔斯兰也被唤来。他摘下黄金头盔，以左臂抱在怀中，站在众人最前排恭谨地垂下头。

"在帕尔斯，兵权仅可归于国王一人。若有他人侵占国王兵权，便为大逆不道。"

冷峻的声音仿佛在宣告着亚尔斯兰的罪行。露出头发的王太子只是深深低着头，任凭父王的斥责在头顶响起。

"这一点，你应该是知道的吧，亚尔斯兰。"

"是，陛下……"

"陛下，话虽如此……"

从亚尔斯兰右后方传来一阵铠甲的响动，达龙动了动身体，激愤的光芒闪在他的双眼之中。他明白此刻再激起风波绝非良策，但倘若无人在此等正式场合为王太子辩解，岂不会使王太子无地自容？达龙直视着国王，单膝跪地，颇有一触即发之势。

"将殿下立为王太子的，乃是陛下本人。在制度上，王太子代掌王权，乃是天经地义。王太子又何罪之有呢？"

安德拉寇拉斯目不转睛地盯着他，一语不发。

"达龙！对国王陛下出此不逊之言，未免太过无礼。你先退下。"

亚尔斯兰压低声音斥责道。此时此刻，他心中对达龙感激不尽，却不得不出言斥责。否则，国王本人定会勃然大怒，双方的对立势必引发激烈冲突。达龙自然也是明白这一点的。因此，达龙心中虽有不甘，却也只得做出一副羞惭的表情，闭口不再多说一句。

安德拉寇拉斯似乎毫不在意——或者装作毫不在意亚尔斯兰

等人复杂而矛盾的心情。他对达龙的抗议充耳不闻，只是居高临下地俯视着王太子。

"王太子听命。"

声音沉甸甸的，仿佛在听者的腹腔中回响。父王话中的压迫力令人喘不过气来，亚尔斯兰是无论如何也模仿不了这种说话方式的。无论在其他方面有什么缺点，安德拉寇拉斯的威严和震慑力绝对名不虚传。

"王太子听命。我命你前往南部海岸一带招兵买马收复国土，在召集到五万人前不准回来见我。"

顿时，广场上一片哗然，仿佛狂风吹过丛生的芦苇。这事实上不是流放吗——众臣虽然没有直说出口，但人人都把同一个想法写在了脸上。

能够召集到的帕尔斯兵，已经全数聚集在此处了，究竟要到哪里才能再找来五万大兵呢？父王却说，召集不到这个数量就不要再回来了。亚尔斯兰感到一阵寒彻心底，全身都僵住了，嗓子也仿佛被堵住一样，一个字也说不出来。

这时，戴拉姆的前任领主在他左后方悄声说道：

"殿下，请您领命。"

那尔撒斯的声音轻而短促。他只让亚尔斯兰领命，却没向他解释缘由。但亚尔斯兰清清楚楚听到了这句话。他迅速抬起头，看了一眼自己深深信赖着的军师，便下定了决心。

"儿臣谨遵圣命。"

就换个角度想想吧——亚尔斯兰想。不要觉得自己是被流放，就当做自己是被给予了行动自由好了。这样想的话，就不用对父王心怀怨恨了。或许父王也不过是只想磨炼一下纤弱的儿子罢了。

亚尔斯兰希望自己可以这样想。这或许只是在逃避现实，然而，现实又是什么呢。父王态度冷峻至极，全无一丝温情。自己并没有被父亲当做骨肉至亲爱着。母亲亦是如此。三年前，当他回到宫中时，他就已经体会这一点了——或许应该说是，被迫意识到这一点了。

"你是帕尔斯的王子，言谈举止都要符合王子的身份。除此之外，我对你别无所求。"

美丽的母后曾对亚尔斯兰说过这样的话。亚尔斯兰在养育自己长大的乳母夫妇身上能够感受到温暖、体贴和朴实，但王妃泰巴美奈只给他一种看似宽宏大量、实则冷淡至极的感觉。富丽堂皇的王宫，对亚尔斯兰来说，不过是素不相识的陌生人的住处而已。

这一切，都是从同一条根上生出的芽、长出的枝叶吗？

难道只因为自己，只因为名叫亚尔斯兰的少年，不是国王安德拉寇拉斯和王妃泰巴美奈亲生的孩子？

"你还在干什么。诏令已下，还不准备行装，尽快出发？"

"儿臣尚有一个心愿。"

"是什么？你且说来听听。"

“临行前，可容儿臣见上母后一面？儿臣有话想对她说。”

跪在亚尔斯兰身后的达龙和那尔撒斯相互看了一眼。国王的回答冷若寒霜。

“王妃连日疲倦操劳，现正卧床不起。与其勉强叫醒她硬要与她交谈，不如领命出征，立功凯旋，才更符合为人子之道。不必见她了。”

“……达龙！”

那尔撒斯压低声音，敏锐地制止了达龙。安德拉寇拉斯实在是太过刻薄无情，满腔义愤的达龙差一点就又站起来了。黑衣骑士勉强克制住冲动，重新跪了下去。那尔撒斯则郑重地行了一礼，对国王禀报道：“作为帕尔斯人，王太子殿下理应领命。臣等虽不才，也愿继续追随殿下左右辅佐，为殿下达成敕令略尽绵薄之力。望陛下准许臣等随殿下一同出征。”

那尔撒斯的期待却彻底落空了。安德拉寇拉斯冷冷地看着年轻的前任戴拉姆领主，开口说道：“达龙与那尔撒斯二人留在营中，不得与亚尔斯兰同行。我的宫中不能少了你们二人的才干。”

营中众人尽皆屏住了呼吸。达龙和那尔撒斯相当于王太子亚尔斯兰的左膀右臂，这是人尽皆知的事情。二人乃是冠绝帕尔斯全国的勇将和智将。任谁都无法不怀疑，安德拉寇拉斯王看似要重用二人的才干，实际的目的却是将他们调离亚尔斯兰身边。

“……这是什么父亲啊。”

以未来宫廷乐师自居的奇夫忍不住啧了啧舌。他在形式上只是亚尔斯兰的熟人，并无一官半职，因此也不必在安德拉寇拉斯王面前屈膝下跪。他站在阅兵场附近的窗前，从高处俯瞰着场上发生的一切。对王室内部的争斗，奇夫只想甩下一句"活该"，可是看到亚尔斯兰的样子，却不禁同情之心油然而生，从心底与达龙的义愤填膺产生了共鸣。明明是没有立场这样想的，连自己甚至都有点难为情了。

"算了。幸好以我的立场，无论我想追随谁，都不会有人反对。如果达龙大人和那尔撒斯大人无法逃出樊笼，就由我替他们展翅翱翔好了。"

话说回来，身负官职的人实在是太不自由了。降生于人世间，却竟然连选择主君的权利都没有。奇夫回忆起了几天前在迪马邦特山所经历的奇异至极的事件。戴银面具的男子——席尔梅斯王子，还不能得心应手地使用宝剑鲁克奈巴特。反过来说，这会不会是宝剑在选择使用自己的人呢？

"亚尔斯兰王子才是有资格拥有宝剑鲁克奈巴特的人。"

奇夫这样说是故意为了气席尔梅斯，但这究竟单纯是他在信口胡言呢，还是众神借乐师之口道出的真相呢，实在令人好奇。不过，奇夫有一种直觉，恐怕当时宝剑鲁克奈巴特并没有发挥出它的全部力量。一定还有更加磅礴恢弘的力量蕴藏在鲁克奈巴特之中。

闲话休提。不自由的官吏——万骑长奇斯瓦特，遭到了安德拉寇拉斯王的质问，为何引以为豪的雄鹰没有停在他的肩头上。

把告死天使交给了王太子的奇斯瓦特淡然答道："老鹰终究也不过是畜生罢了，大概已经忘记饲主的养育之恩了吧。虽然惭愧，却也无可奈何。"

安德拉寇拉斯王盯着奇斯瓦特，眼中满是冷嘲热讽，却一语未发。

以中书令鲁项为首，王太子身边的伊斯方、特斯等人都困惑至极。鲁项一脸平静，伊斯方焦躁不安，特斯沉默不言，各自在心中做出了决定。

这段时间里，仰慕帕尔斯军连战连胜的威名而前来投靠的人们，都毫不犹豫地倒向了安德拉寇拉斯王一方。这也是顺理成章的，而且今后还会有更多人心甘情愿地投向安德拉寇拉斯王麾下吧。毕竟无论怎么说，帕尔斯国内确实存在着对"奴隶制度废止令"的潜在不安和排斥。也正因如此，亚尔斯兰重新招兵买马的任务，变得更加困难重重。

傍晚，亚尔斯兰独自离开了培沙华尔城，身边只带了一只鹰和一匹马同行。他那沐浴在落日余晖中的孤独背影，向西南方渐行渐远。

达龙和那尔撒斯没有被准许去为王太子送行。他们待在城内的一个房间中，所幸未被卸下武装，但室外有士兵把守，与被软禁的状态几乎无异。

那尔撒斯始终坐在桌前，若有所思。在房间里踱来踱去的达龙仿佛无法再忍耐这种沉默，坐到了那尔撒斯面前。

"那尔撒斯，你在想什么？"

达龙压低了声音。他不认为这个智略过人又深谋远虑的好友会看不透安德拉寇拉斯王心中打着什么如意算盘。照他推测，只怕那尔撒斯心中已经想好了什么计谋，才会佯装中了圈套吧。

闻言，那尔撒斯只是不出声地笑了笑。考虑到安德拉寇拉斯王派来的探子可能就藏在附近，两个人尽量避免大声说话。片刻过后，那尔撒斯收起笑意，提高了声音。

"你也真是爱操心啊。亚尔斯兰殿下又不是要去敌国，就算我们不跟在他身边，也用不着那么担心。"

那尔撒斯边说边用手指在桌上一笔一画地写了起来，达龙迅速看懂了他在写的内容——

……强行把达龙和那尔撒斯带离亚尔斯兰王太子身边，并非由于安德拉寇拉斯王的愚蠢，其实正相反。安德拉寇拉斯王正坐等二人违背圣旨，逃离军营，届时便可名正言顺地将二人当作叛徒诛杀。安德拉寇拉斯王明白他们更愿对王太子尽忠，那么与其眼睁睁地放他们去追随亚尔斯兰，不如索性就此结果掉他们的性命。

达龙不禁感到一阵毛骨悚然，他没想到自己已经被国王恨之入骨。可是细细想来，自己的这种念头才该被称作天真吧？既然安德拉寇拉斯王是亚尔斯兰潜在的劲敌，那么反之亦然。削弱敌人的力量是天经地义的事。那尔撒斯继续在桌上写下文字。

"不必担心，我已经向耶拉姆和亚尔佛莉德说明情况了。那两个孩子都聪明伶俐，知道自己该做什么。不过即便如此，只怕在最坏的情况下，我们仍然需要杀出帕尔斯的军营。"

达龙也伸出手指，写下回答。

"这就交给我了。纵使被万千兵马包围，我也会杀出一条血路。只是，如果我们凭借武力冲出国王陛下的军营，恐怕王太子殿下与父王之间的隔阂就要更深了。"

二人大声进行着毫无内容的交谈，将这番无声而严肃的对话掩盖在其后，没有让躲在门外的探子听到一个字。

"现在隔阂就已经很深了。再怎样努力拖延，决裂也已不可避免。事已至此，若再坐以待毙，岂不荒唐？"

"确实，事到如今再怎么忧心也于事无补了。说起来，法兰吉丝小姐和奇夫那边要怎么办？不需要联系他们，和他们一同行动吗？"

不必了——那尔撒斯答道。法兰吉丝和奇夫是绝不可能投靠安德拉寇拉斯王的，只会追随亚尔斯兰王子，或是不站在任何一边。他们应该会凭借自己的想法随机应变吧。现在去联系他们，也许会招致安德拉寇拉斯王的猜疑，反倒使他们暴露在危险之中。这种时候，装作什么都不知道才是上策。将来大概会和他们在亚尔斯兰王子身边重逢吧。

"也就是说，你对法兰吉丝和奇夫评价相当高啊，那尔撒斯。"

"没错。虽然是一段奇妙的缘分，却有珍惜的价值。"

达龙点点头，站起身来，从面朝内庭的窗口向外望去。守在窗外的士兵们反射般地重新拿好了枪，人人面上难掩紧张之情——毕竟他们监视的对象可是"战士中的战士"。

"哎呀，真是辛苦他们了。罢了，他们也是奉命行事，别无他法。"

达龙回到桌边，只听那尔撒斯轻声自语道：

"大船若要自由航行，就需要一片广阔的海洋。虽然亚尔斯兰殿下现在还是小湖，但他很有成长为一片大海的可能性，值得我们翘首以待。"

那尔撒斯并没有对来自特兰的吉姆沙将军讲过这个大海和船的比喻，因为吉姆沙从来没有见过大海，不可能听得懂这个比喻。此时此刻，吉姆沙还和被他刺伤的萨拉邦特一同躺在病床上动弹不得，因此二人无法带他出逃。若是好运能够眷顾他——最重要的是，若他恢复了求生欲和战斗意志，一定会拼尽全力逃出去吧。他已经从死亡边缘被救回来了两次，现在那尔撒斯和达龙也没有余力再帮他更多了。

V

深夜，培沙华尔城内的一角燃起了大火。那里原本是用于堆放军马草料的地点。浓烟以比火焰更猛的势头灌进马厩，军马骚动了起来，城中陷入了一片混乱。士兵们抬着水桶四处奔走，马儿们被烈焰和浓烟追在身后，厉声嘶叫着，纷纷慌不择路地狂奔。

"闹得有点太大了啊。"

身穿黑色铠甲、腰佩长剑的达龙苦笑着，跑进了混乱的人群之中。引发这番骚动的，显然是耶拉姆和亚尔佛莉德。为让达龙和那尔撒斯趁乱逃脱，他俩用尽了一切想得到的手段。身为大人，如果这时还不配合，可就难免要遭人质疑实力了。

达龙在滚滚浓烟中冲向马厩，救出通体漆黑的爱马，跃上马背。正当他驱散守在城门口的一众士兵，推开沉重的城门，正欲奔向城外时，"达龙大人，你要去哪里？"奇斯瓦特连人带马堵住了他的去路，手中双剑已然出鞘，身后还跟着黑压压的大群人马。他早已料到达龙等人一定会逃走，便事先在城外布下了埋伏。

"奇斯瓦特大人，我无意与你交手，请收起剑。"

达龙高声叫道。

"你太天真了，达龙大人。"

奇斯瓦特的声音中蕴含着无限的苦涩。火光映着他双手中紧握的利刃，光芒宛若落日余晖。

"对帕尔斯武人来说，国王的旨意是绝对不可违逆的。你也是陛下任命的万骑长，难道你要抛弃一万部下，去追寻自己一人的理想吗？"

"此话的确是逆耳忠言，但除了守护王太子殿下，我已经别无其他路可走了。"

"是为了履行伯父巴夫利斯大人的遗言吗?"

"也有这层原因。但现在,这是我自己的选择。"

达龙斩钉截铁地说道。奇斯瓦特点了点头,仿佛叹了口气。

"原来如此,我懂了。"

"那么可以让我从这里过去了吗?"

"不,身为国王的臣下,我还是不能放你过去。想要突破双刃将军的布阵,就先折断我这两柄剑吧!"

奇斯瓦特身下坐骑长嘶一声,扬起前蹄。眼见双剑泛起寒光,达龙也下定了决心。在前一刻仍是战友的人们之中,他遭遇了前所未有的劲敌。达龙抬手握住了腰间的剑柄。

说时迟那时快,弓弦一声鸣响,马儿的惨叫随之传来。奇斯瓦特的战马颈部中箭,扭曲着身躯,朝侧面倒了下去。达龙松开手转头望去,女神官手持长弓的身影映入了他的视野。

"抱歉,法兰吉丝小姐,给你添了不必要的麻烦。"

"宫中之人真是可怜啊。为了形式上的忠诚心和道义,竟然不得不舍弃人类原本的感情。"

美丽的女神官发出了与奇夫相似的感叹。

"接下来要怎么办呢,达龙大人?要给落马的双刃将军最后一击吗?不,你也不是做得出这种事的人。"

"正是如此,被你看穿了真是可惜。你想笑我也没关系的。"

"回头再尽情笑你,现在的当务之急是尽快逃离这里。奇夫和加斯旺德应该已经逃出来了，我们要是慢了，可要被他们笑话了喔。”

黑衣黑马的骑士与和绿眼睛的女神官肩并着肩，在深夜中策马疾驰。

与此同时，落马的奇斯瓦特也重新站起身来。一名百骑长担心着双刃将军催马赶到他身边，正要开口，却只听奇斯瓦特对自己一声令下。

“你在干什么？别担心我，快去追逃亡者。”

“真的要去追他们吗，万骑长？”

“当然了，这可是陛下的旨意！”

双刃将军声色俱厉，百骑长闻言慌忙和众同僚上前追赶达龙一行人。奇斯瓦特伫立在夜幕笼罩的平原上，苦笑着将双剑插回背后剑鞘，在心中自语道：

“就算竭尽全力追上去，那也不是你们轻易就能打败的对手……可是倘若就此被杀的话，对王太子殿下反正也派不上什么用场了。”

在达龙和法兰吉丝逐渐突破奇斯瓦特布阵的同时，作为军师大名鼎鼎的戴拉姆前任领主摔落在草丛中。与好友正相反，那尔撒斯被国王的部下射倒了坐骑。他在地上滚了一圈，才要起身，士兵们已经一拥而上。那尔撒斯踢倒了一个士兵，挥起没有出鞘的剑击倒了另一个，拔腿便跑。“别杀他，抓住他带去国王面前！”他听着背后叫声响起，又跑了五十步左右。

"那尔撒斯！那尔撒斯！这边！"

伴着少女充满活力的声音，一个黑影驱马冲到那尔撒斯身边。戴拉姆的前任领主在草上跑了几步，抓住马鞍后部，飞身跳上马背，双手环过亚尔佛莉德身体两侧抓住缰绳——二人的位置，和去年初次相遇时恰好相反。一名骑士挥舞着棍棒追了上来，那尔撒斯再次举起剑鞘，把他打下马去。瞬间，另一个骑在马上的黑影兴奋地叫了起来。

"那尔撒斯大人，您没事吧！"

"是耶拉姆吗？要加速了喔，跟得上吗？"

"当然，去天涯海角都跟着您。"

"哎呀，你真是太可靠了。"

那尔撒斯莞尔一笑，坐在马鞍前面的亚尔佛莉德也笑了起来。耶拉姆的表情有一秒变得有些复杂，但现在并没有时间吵架。他发现了一匹失去骑手的马儿，便抓住缰绳，让那尔撒斯骑上。三人并肩骑在三匹马上，把包围圈拖在身后全力奔跑。

这时，一名男子正站在窗前，俯视着整座城从内到外爆发的骚乱。一个万骑长逃出了城，一个万骑长在全力阻拦他，还有一个万骑长正对此作壁上观。这名男子便是克巴多。

"哎呀哎呀，还以为总算安稳下来了，果然不管是我，还是帕尔斯，离安稳都还远得很吧。"

独眼的魁梧男子伸了一个大大的懒腰，对着月亮自言自语道：

"罢了，毕竟我什么时候都能离开，留下奇斯瓦特一个人辛苦，未免也有些于心不忍。就算终有一天要殊途同归，路也是可以有很多条的。"

克巴多隔窗遥望着城内外的骚动，悠然自得地将盛满琉璃杯的葡萄酒一饮而尽。

六月十七日，黎明的冷空气用它那冰冷而坚硬的手轻轻抚上亚尔斯兰的脸颊。亚尔斯兰打了个寒颤睁开双眼，从树荫中站起身来。他唯一的那名——也许应该说"那只"家臣，鸣叫着向他道了早安。

"啊，早上好，告死天使。"

亚尔斯兰也对大鹰道了早安，随即伸手拿起水牛皮制成的水壶，想要润一润自己干渴的喉咙。突然，他抬头望向远处的草地，只见几个骑着马的身影正朝他飞奔而来。亚尔斯兰全身都紧张了起来，迅速摆出拔剑迎战的姿势。但是没过多久，他就放松了身体，踮起脚尖放声大叫：

"达龙！那尔撒斯！"

如果声音能够闪耀光芒，此刻亚尔斯兰的叫声一定是光芒四射。

"啊，还有法兰吉丝、奇夫、耶拉姆、亚尔佛莉德、加斯旺德……"

被叫出名字的七个人陆陆续续下了马，跪在王太子面前。达龙代表一行人，抢在王太子之前开了口。

"就算您责备我们也已经没有用了，殿下。我们在决定自己的人生之路时，就已经对无论是陛下的怒火还是殿下的斥责都做好了心理准备。所以，还请您准许我们追随在您身边。"

其余六人纷纷笑着点了点头。亚尔斯兰环视着大家的脸，也露出了笑容。

"原先我起兵的时候，身边就只有你们几个啊。"

忆起去年秋天那段前往培沙华尔城的旅途，亚尔斯兰喃喃说道。话音未落，站在他左肩上的大鹰仿佛抗议般轻轻拍了拍翅膀。

"不，现在还多了两个人和一只鹰，对吧。"

亚尔斯兰凝视着告死天使、亚尔佛莉德和加斯旺德，更正了自己的话，告死天使这才像是转怒为喜般低鸣了一声。它不仅是代表自己，同时也是代表万骑长奇斯瓦特跟在亚尔斯兰身边的。如果不把它也好好算进去，也对不住送它来与自己一同踏上旅程的主人。

"怎么会责备你们呢？如果我那么傲慢，才真的会遭到天谴呢。你们能来真好，真的太好了……"

亚尔斯兰牵起每一个人的手，扶他们站起身来。

接纳他们，就此与他们同行，想必会招致父王的不悦。可是倘若让他们回去，他们一定会遭到安德拉寇拉斯的严厉惩罚——因为他们为了亚尔斯兰，抛弃了国王。唯有接纳他们，与他们共同立下功勋，有朝一日再回到父王面前申辩。除此之外，亚尔斯兰没有其他的选择。话说回来，能够拥有一群如此珍贵的部下——不，应该说是珍贵的友人，亚尔斯兰从心底感到荣幸之至。

如今，征马已不再是孑然孤影。为完成冷酷无情的诏命，亚尔斯兰必须再召集到四万九千九百九十三名士兵才行，但他已经完全不觉得这种程度的考验还能称得上什么困难了。

不久后，被曙光完全照亮的帕尔斯大地上，八名骑士和一只雄鹰的身影踏上了南下的征程。他们的目的地，是南方著名的港口城市——基兰。

时值帕尔斯历三二一年六月。炎热的季节即将降临到每一个人的头上。这份炎热一半来自自然，另一半则来自人们的心中，最终席卷了整片大地。

随处可见却又压倒一切的存在

结城充考（作家）

　　光文社文库版《亚尔斯兰战记》终于也刊行到了第五卷。故事在帕尔斯世世代代的敌国——特兰的突袭中拉开了序幕。上一卷《汗血公路》临近尾声时成功重返舞台，震惊了众人的某位人物也加入了战局，激战之中，故事逐渐朝向意想不到的方向展开，帕尔斯国王太子亚尔斯兰陷入了无声的危机。而这份危机，同时却也是急速发展的预兆——

　　无论在哪一卷中，亚尔斯兰的故事都以惊人的速度不断峰回路转，令人眼花缭乱。多姿多彩的人物陆续登场，或滑稽或华丽、时而激烈地纠缠在一起，上演出一幕幕令人不禁屏息凝神的画面，又不断有全新的人际关系和战况从中诞生。故事总在只差数步就要陷入混乱的一刻，被小心翼翼地控制起来，始终维持着华丽、高速向前推进。编织故事的人的思考之中从来就没有存在过，诸如以多余的修饰来虚增篇幅……之类的想法。

　　这位编织故事的人，自然就是田中芳树。

"亚尔斯兰战记"系列，由第一卷《王都烈焰》于一九八六年拉开序幕。

以中世纪波斯为舞台的故事，即使与此前偶尔曾出现过的作品或是此后为数众多的英雄奇幻小说相比，也有着明显的不同。虽然已经在各种场合中被多次提及，但仔细想来，以"十字军东征中被侵略者的视角"作为奇幻故事中心的构思，的确只能用感受性独到来形容。

第一卷问世当初，还是连西欧风格奇幻、剑与魔法的世界都无人问津的时代。世间只有极少数 PC 或桌游 RPG 爱好者对这种世界观有所涉猎，普通读者对它则是非常陌生的。全民陷入电子 RPG 游戏热潮，是几年之后的事情，而讲述冒险者们争夺某一枚魔戒的电影的上映，则是又过了十几年之后的事情。因此，特意把舞台设定在中世纪波斯的感受性，甚至超越了敏锐、独具慧眼、给人一种怪诞而不可思议的印象——应该不会只有我一个人这样觉得。

而舞台的原型是如何决定的呢？田中先生也曾在很多访谈中被反复问及这一点，而他每次回答时都会稍稍改变一些用词，最后逐渐变成掺杂着苦笑的简短答复。他说，这是自然而言就决定下来的。他说，因为我想描写异世界的打斗场面。他说，只觉得是恶魔在从中斡旋了……

而我个人认为，某本书中提到的某一句发言，最为明确地表现出了如此设定舞台的理由。

——我很怕人口密集的地方。

虽然是漫不经心的一句话，但事实上，有资格说出这种话的小说家并不是太多——即使说几乎没有也不为过。我自然也不在此列。

田中芳树这位作者所创作出的故事，题材实在涉猎颇广。英雄奇幻小说、太空歌剧、武侠传奇、追查怪异事件的女警官、儿童文学、中国历史小说、中国武将评传、翻译小说……甚至外国著名电影的小说版。身为才疏学浅的年轻同行，我只是一眼扫过田中先生的这些著作，就已经感到了头晕眼花。这样说绝不是夸张。

而这些作品的舞台，大部分同时也是田中先生自己开拓出的题材。人口密度高的地方——就是指小说创作领域里的安全地带，已经被众多先驱者踩实了的道路。倘若硬要前往危险地带，也自然会被某个有常识的人拦下来。可是，极其偶尔的情况下，也会出现那种极具说服力、足以不顾阻拦执意前行的作家。所谓的说服力，就是让人相信，自己一定会执笔写下有价值的故事的力量。田中芳树其人，时刻行走于未曾有人踏足、视野也昏暗不清的危险地带，不断开辟出全新的道路并加以巩固。若问他的存在有多么异于常人，则只能以压倒一切来形容。

我敢在此断言，田中芳树这个名字，其实不是固定的某人之名，而是出版业界对某种在小说界随处可见的以一定频率进行的运动（状态有如云团一般）赋予的一个暂定的名称……抱歉，说得有些夸张了。但是"在小说界随处可见"这句话是事实。而它的出现频率，直到现在也仍在上升。

在二十余年之中断断续续写就的《亚尔斯兰战记》，如今正扎扎实实地一步步走向大结局。而此时此刻，又有两点令我颇感好奇。第一点自然是——故事将会迎来怎样的结局。在另一部长篇《银河英雄传说》中，两名少年的友情仿佛描绘出一个完美的圆环，为全篇打下了终止符，美得令人不禁嗟叹。而亚尔斯兰又将会迎来怎样的终章呢？

而另一点，则是《亚尔斯兰战记》完结后，在小说之外又会有何展开。《银河英雄传说》的"传说"在故事完结后——或许应该说，正因为故事落下了帷幕，"传说"的世界才变得更加宽广。游戏化、舞台化、动画版完结以及软件化。直至今日，银河的传说也未曾结束。那么，《亚尔斯兰战记》的故事完结之后，又会开始什么全新形态的"战记"呢……似乎也没有必要草率推测了。现在，二〇一三年，荒川弘所绘制的漫画版《亚尔斯兰战记》，已经在出版界的一片轰动之中开始了连载。

和田中先生的很多其他作品一样，亚尔斯兰的故事迄今为止也经历过了许多形式的改编，但是今后，甚至小说完结之后，

"战记"的世界依然会不断扩大吧。正如我们所期待的那样。

不得不继续战斗的亚尔斯兰，或许会为此很伤脑筋。

还是说，他会骑在马上，落落大方地向我们这些粉丝露出微笑呢？